映画ノベライズ

BLEACH
ブリーチ

原作 久保帯人
脚本 羽原大介
佐藤信介
小説 松原真琴

黒崎一護
ICHIGO
KUROSAKI

URYU
ISHIDA
石田雨竜

朽木ルキア
RUKIA
KUCHIKI

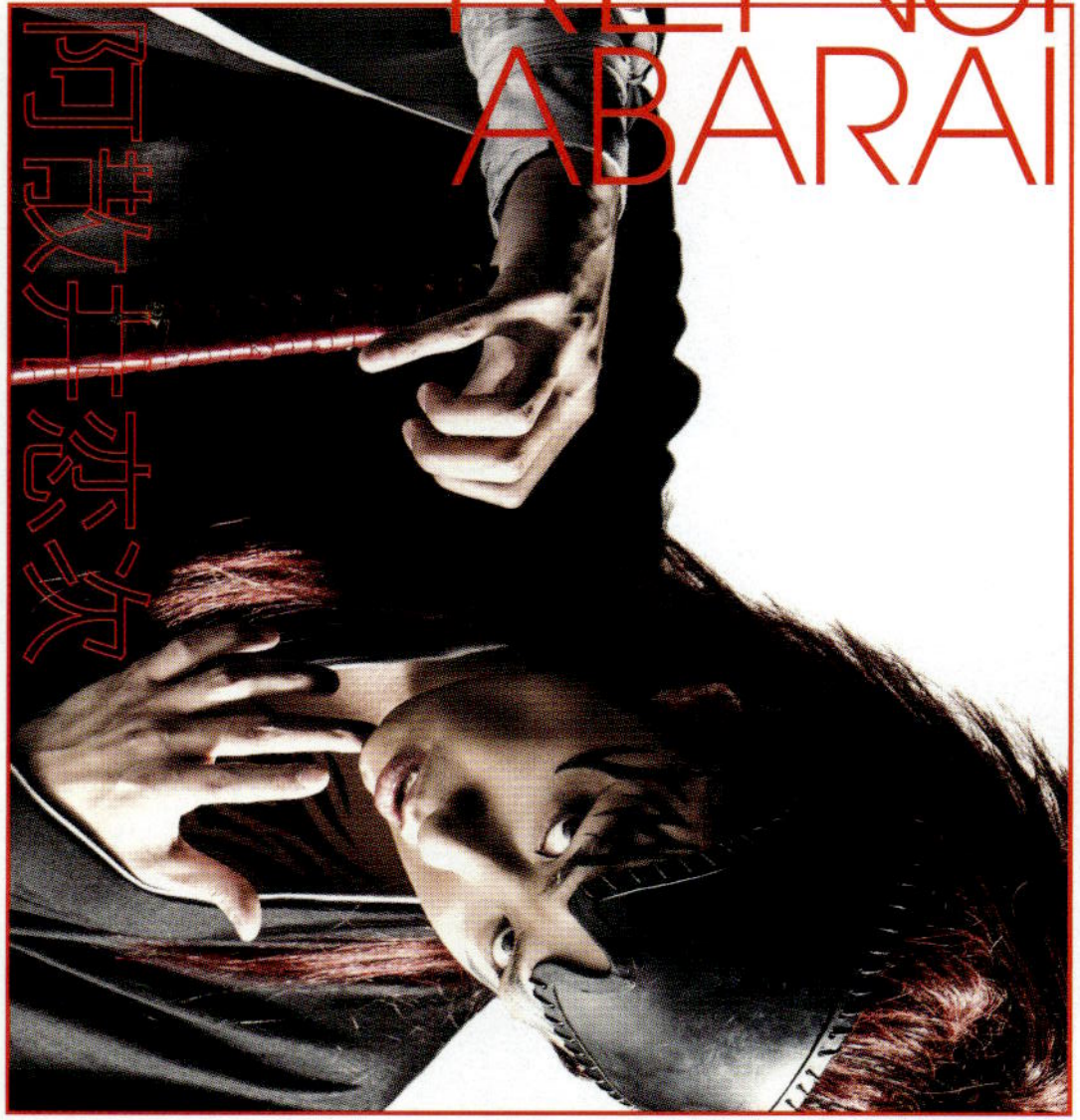
RENJI
ABARAI
阿散井恋次

朽木白哉
BYAKUYA
KUCHIKI

死神として、生きろ。

映画ノベライズ

BLEACH

ブリーチ

KUBO TITE
HABARA DAISUKE　SATO SHINSUKE
MATSUBARA MAKOTO

ALL STARS ★

石田雨竜《イシダウリュウ》

URYU ISHIDA

朽木ルキア《クチキルキア》

RUKIA KUCHIKI

黒崎一護《クロサキイチゴ》

ICHIGO KUROSAKI

AND

plot

黒崎一護、15歳。霊が見える高校生。その体質の割に平穏な日々を送っていた一護だが、自らを死神と名乗る朽木ルキアと遭遇。直後、家族が「虚《ホロウ》」と呼ばれる悪霊に襲われる。一護は立ち向かうも歯が立たず、助太刀したルキアも重傷を負ってしまう。その場を切り抜ける為ルキアから死神の力を分け与えてもらったが、そこから死神代行としての日々が始まる事に…。

BLEACH

黒崎真咲《クロサキマサキ》

MASAKI KUROSAKI

黒崎一心《クロサキイッシン》

ISSHIN KUROSAKI

朽木白哉《クチキビャクヤ》

BYAKUYA KUCHIKI

阿散井恋次《アバライレンジ》

RENJI ABARAI

STORIES

BLEACH

MOVIE NOVELIZE

CONTENTS

六月十七日。

朝からずっと、雨が降っていた。

空手道場から帰る時は、いつも空須川《からすがわ》沿いの堤防を通る。大きなダンプカーがスピードを落とさず俺の横を通り過ぎた。はね上げられた水しぶきで、全身ずぶ濡れになる。

「あらあらあら、悪いトラックね。大丈夫？　一護《いちご》」

隣を歩いていた母ちゃんが、ハンカチで顔を拭いてくれた。

「はい、きれいになった。ほら、交代しよ。お母さんが道路側歩くから」

「いい。俺こっち！　雨がっぱ着てるから平気だもん！」

黄色い雨がっぱ。まだ三回しか着ていなくて新しい。俺のお気に入りだった。

「今みたいのから母ちゃんを守るんだから！」

「あら、頼もしい」

母ちゃんがほほ笑む。誇らしい気持ちになった。

「ねえ母ちゃん。手、つないでいい？」

「あたりまえじゃん！」

温かい手。母ちゃんといっしょなら、雨の日だって楽しい。

母ちゃんが、大好きだった。

俺は、母ちゃんが泣いたり怒ったりするところを、一度だって見たことがなかった。どんな嫌《いや》なことがあっても、母ちゃんのそばに帰るだけで、すべて忘れることができた。

うんと小さい頃、〝一護〟って名前は「何か一つのものを護《まも》り通せるように」という意味でつけたんだ、と親父に聞いた。

その時、それなら俺は母ちゃんを守りたい……そう思った。

いつも俺を護ってくれる、母ちゃんを。

「あれ……？　あの子、何してるんだろ？」

堤防の端っこに、おかっぱ頭の女の子が立っていた。傘もささず、ずぶ濡れで、川の方を見つめていた。

「ちょっと待ってて、母ちゃん！」

「え？　一護⁉」

つないでいた手を放して、駆けだす。

その日は雨で、その前の日も雨で、そのまた前の日も雨で。川の水は、かなり増水していた。

「ねえ、危ないよ！」

最初は母ちゃんを守りたい、と思った。妹が生まれて、守る対象が増えた。守るために空手道場に通い続けて、少しずつ強くなった。

もっともっとたくさんのものを、守りたいと思うようになった。

「だめ！　一護!!」

後ろから母ちゃんの声が聞こえる。

俺は、今にも川に落ちそうな女の子の背中に、手を伸ばした。

「一護────っ!!」

母ちゃんの叫ぶ声。

女の子が振り向く。やけにゆっくりと。

その口もとが、笑ったように見えた。


視界が真っ白に塗りつぶされ、そこで俺の意識は途絶えた。

鉄橋を走る電車の音。

うっすらと開けた目に、雨粒が飛び込んできた。何度かまばたきをし、手で水滴をぬぐおうとして、自分の上に誰かが覆いかぶさっていることに気づいた。

柔らかくて長い髪。淡いピンク色のカーディガン。

「か…母ちゃん……？」

返事はなかった。鼓動が速くなる。

体を起こすと、俺を抱きしめていた母ちゃんの腕が、力なく地面に落ちた。

「……母ちゃん⁉」

うつ伏せで倒れたまま、動かない。

「母ちゃん！　母ちゃん‼」

母ちゃんの背中は、真っ赤に染まっている。その赤は、地面にも広がっていた。

原因はわからない。でも、俺を助けようとしてそうなったことは明らかで。

母ちゃんが、大好きだった。

俺だけじゃない。そのころまだ四つだった妹たちも親父も母ちゃんが大好きで……つまるところ、そのころのうちは、母ちゃんを中心に回っていた。

その中心から、俺が母ちゃんを奪い取ってしまったんだ。

俺が……！

『BLEACH』

第一章

空座町《からくらちょう》。

町のほぼ中央に位置する空座ふれあい公園は、小規模ではあるが手入れの行き届いた公園で、長年近隣住民に愛されてきた。しかし、半年前に公園脇の坂道が舗装されて以降、日暮れが近づくとガラの悪い若者たちがスケートボードを手に集まるようになった。結果、歩行者との接触事故や揉め事が頻発《ひんぱつ》し、今では夕方になると誰もが避けて通る道になっている。

とある初夏の夕暮れ。その坂道を、しかめっ面《つら》で下ってくる男子高校生がいた。灰色の学生服は空座第一高校のものだ。夕焼けを映したようなオレンジ色の髪に、ブラウンの瞳。

彼の名前は、黒崎一護《くろさきいちご》。十五歳の高校一年生だ。

一護は、坂の下でたむろしていた若者の集団にスタスタと近づき、「なんだテメェ?」と振り向いた男を、間髪容《かんはつい》れず蹴り飛ばした。

「うぐっ⁉」

男は蹴られた脇腹を押さえ、路上に倒れ込む。男の仲間たちは、突然のことに一瞬言葉を失ったが、相手が高校生一人と見るや、激昂《げっこう》して一護を取り囲んだ。

「なにしやがんだテメェ！　いきなり蹴り入れるってイカレてんのか⁉」

「死にてーのか⁉　あァ⁉」

「ナメてんじゃねーぞ、ガキが‼」

男たちに凄まれてもまったく動じず、一護は彼らの背後を指差して言った。

「お前ら、あれ見ろ！」

そこには、倒れて割れてしまったガラス瓶と、そこに生けられていたらしい数本の白い花が散らばっている。

「あれは一体なんでしょうか？」

「はぁ？　話逸らそうとしてんじゃねーぞ、テメェ‼」

鼻にピアスをした男が、胸ぐらをつかもうと腕を伸ばす。一護はすばやくその腕を取り、後ろ手にねじり上げた。

「いてててッ‼」

「質問に答えろ！　あれは何だ？」

「な、何って、こないだ交通事故で死んだガキへのお供え物だろ⁉」

「正解っ‼」

一護はつかんでいた腕を放し、男の側頭部に回し蹴りを叩き込む。

「うぼぁあッ!!」

男は仰向けに倒れ、白目をむいて意識を失った。

「こ、こいつ……なんなんだよ……!?」

仲間の武闘派二人が為《な》す術《すべ》なく倒されたのを見て、残りの二人がじりじりと後ずさっていく。

「……では、そのお供えがどうしてあんなに散らかっているんでしょうか?」

一護ににらまれ、二人は冷や汗をかきつつ答えた。

「そ、それは……」

「俺らがスケボーで遊んでて……倒しちゃった…から……」

二人の顔から、血の気が引いていく。

その視線の先——一護の背後に、じわじわと浮かび上がってくる、人影。

「だったら、こいつに謝んなきゃなァ!?」

一護が自分の背後を指《さ》す。

そこには、事故で死んだはずの血まみれの少年が、いた。

どんよりと濁った瞳で、恨めしそうに二人を見つめている。

——黒崎一護は、幽霊と交流できるのだ。

「いやあああぁあああ!! ごめんなさいぃぃ!!」

「ごめんなさいもうしませんごめんなさぁ――――い‼」

彼らは口々に叫び、倒れている仲間を置き去りにして走り去った。

「ふぅ……こんだけ脅しときゃ、もうここには寄りつかねぇだろ。……悪かったな、こんな風に使っちまって」

一護が振り向くと、恨めしげな顔をしていた少年の霊がにっこりと笑った。

「あの人たち追い払って、ってお願いしたの、ぼくだもん。このくらい協力しなきゃ！」

血まみれの笑顔で、少年が言う。

「さて…と、それじゃな」

「うん！　……ありがとう、おにいちゃん。これで静かに過ごせるよ」

「どういたしまして。こんなとこウロウロしてないで、早めに成仏しろよー」

少年に軽く手を上げて答え、一護は家路を急いだ。


一護の父、黒崎一心《いっしん》は開業医である。自宅と医院が同じ建物内にあるため、一護は人の生死を間近に感じながら育った。物心ついたころには当たり前のように幽霊が見えていたのも、そのような環境が影響しているのかもしれない。

「ただいまァ」

「遅い!!」

リビングのドアを開けた一護の顔に、一心の飛び蹴りが炸裂した。

「今何時だと思ってんだ、この不良息子！　うちの夕食は毎晩七時と決まっとるだろうが！」

不意打ちをくらって倒れた一護は、これ以上ないほど眉間《みけん》にしわを寄せて立ち上がり、腰に手を当ててふんぞり返っている一心をにらみつけた。

「これが必死こいて幽霊助けて帰ってきた息子に対するアイサツか!?」

「やかましい！　どんな理由があろうと我が家の鉄の団欒《だんらん》を乱す者には血の制裁を下すのみ！　それともなにか？　また自分だけ幽霊と触れ合えることを暗に自慢してんのか!?　うらやましいんだよてめぇ!!」

「うるせえ！　俺だって好きこのんでこんな体質に生まれたんじゃねぇや!!」

「もー、やめなよ二人ともー。ごはん冷めちゃうよー」

どたばたと殴り合う二人をたしなめつつ、妹の遊子《ゆず》は一護の茶碗にごはんをよそった。黙々と箸を進めていたもう一人の妹・夏梨《かりん》が、「ほっときな遊子。おかわり」と遊子に茶碗を差し出す。二人のケンカは日常茶飯事なので、妹たちの対応も落ち着いたものだ。

「もういい！　俺は寝る！」

「あっ、お兄ちゃん！」

　一護はカバンを拾い上げると、どすどすと不機嫌な足音を立てて自室へ戻っていった。

「あーあ、行っちゃったよ。お父さんのせいだからね」

　夏梨に冷ややかな視線を向けられた一心が、むぐぐ、と言葉をつまらせる。

「お兄ちゃん最近大変なんだからね！　前よりたくさん幽霊が寄ってくるようになった、って困ってるんだから！」

　一護の夕飯にラップをかけながら、遊子も一心を叱った。

「何っ⁉　あいつ、お前にはそんなことまで話すのか⁉　父さんには悩みなんか話してくれないくせに……！」

「あたりまえだわ。四十過ぎてこんな幼稚なコミュニケーション手段しか持たんような親じゃ、あたしだって悩みなんか相談しないっての」

「夏梨も⁉」

「あたしもお父さんには話さないかなー」

「遊子まで⁉」

　傷心の一心は、よろよろと壁に貼られた特大のポスターに近づいていく。その中でほほ笑む美しい女性は、亡き妻・真咲《まさき》だ。

「母さん……このごろ思春期なのか、子供たちが父さんにやけに冷たいよ……。一体どうしたら……」

涙目でポスターを見上げる一心に、夏梨が背を向けたまま言う。

「まずそのでかすぎる遺影をなんとかしろ」

「うう……っ！　母さ――――ん！」

冷たくあしらわれ、遺影にすがりつく一心。

――食卓を見守る真咲の笑顔は、どこまでも優しい。


一護が二階にある自室のドアを開くと、入ってすぐのところにくたびれたスーツ姿の男の霊が立っていた。

「どうも……お邪魔してます」

真っ青な顔で、ぺこりと頭を下げる。その首には、深紫色の縄の痕《あと》がくっきりと残っていた。

一護は、またか、と言いたげな顔で小さくため息をつく。

一護の霊感の強さは、霊同士の口コミによって広く知られており、こうして直接相談に訪れる者も少なくないのだった。

「……今日は話聞いてやれるような気分じゃねーんだ。悪《わり》ぃけど、また今度にしてくれ」

男の脇を通り抜け、学習机の上にカバンを置く。

「ったく……」

軽く肩を回しつつ振り返った一護は、目を見開いて絶句した。

部屋の中央に、黒髪の少女が立っている。

（な……なんだこいつ……⁉）

少女は、上下ともに黒衣の侍《さむらい》のような出で立ちで、腰に刀を差している。あまりにも強い存在感に驚いた一護だったが、少女が壁に立てかけてある姿見に映っていないのを見て、ほっと肩の力を抜いた。

（霊か……びっくりさせんなよな……）

少女は険しい表情で一護の目の前を通過し、窓際で立ち止まる。

「……近い……」

「……何が？」

一護が問いかけると、少女の肩がぴくりと揺れ、振り向いた。

「き、貴様……私の姿が見えるのか……⁉」

一護は、「まぁな」とうなずき、ひどく驚いている少女に歩み寄る。

「にしてもお前、やけにクッキリしてんなー。江戸時代かなんかの地縛霊《じばくれい》か？」

一護が近づくと、少女は腰に差した鞘《さや》から、一気に刀を引き抜いた。

「ちょっ⁉」

　切っ先が迫り、思わず一護が後ずさる。

　と、少女は刀をくるりと反転させ、柄《つか》の先端を一護の隣に立っていた男の霊の額《ひたい》に押し当てた。

「い、いやだ……！　まだ地獄には行きたくない……！」

　懇願する霊に、少女が静かな口調で言う。

「臆するな。お主の向かう先は地獄ではない。尸魂界《ソウル・ソサエティ》だ。……地獄と違って、気安い処《ところ》ぞ」

　額から柄を放すと、柄が触れた部分から円形に白い光が広がった。

　光は男の霊を呑《の》み込むと、急速に縮小し、霊と共に消滅した。

「ど…どうなったんだ？　今のやつ」

　一護の問いに、少女は納刀しつつ答える。

「尸魂界《ソウル・ソサエティ》へ送ったのだ。〝魂葬《こんそう》〟という。貴様らの言葉では……成仏、と言ったか。私の仕事の一つだ」

「仕事？」

「そうだ。私は……」

　言いかけた少女の胸元から、けたたましい警報音が鳴り響いた。

「うるせっ！　なんだ⁉」

少女は襟元《えりもと》から携帯電話に似た真珠色の端末を取り出し、その液晶画面を見つめる。

「これは……かなり近いな……」

「何が近いんだよ⁉」

質問には答えず、少女は一護に背を向け、何かを探るように意識を研《と》ぎ澄《す》ました。

「なぁ、おいっ！」

「黙れ。集中できん」

「んだとォ⁉　人ん家《ち》でバタバタすんならせめて説明しやがれ！」

一護は少女の肩をつかもうと腕を伸ばす。しかし、その手が触れるより早く少女が振り向き、右手の人差し指と中指を一護に突きつけた。

「縛道《ばくどう》の一、塞《さい》‼」

少女がそう発した途端、一護の両腕が己の意志に反して動き、後ろ手に縛られたような状態でがっちりと固定される。

「いてぇえッ‼」

強い力で思い切り腕を押さえつけられているような感覚だった。痛みと衝撃で床に倒れ込んだ一護は、自分を見下ろしている少女をにらみつけた。

「クッソ……なんだこれ⁉　なんで動かせねぇんだ……⁉　てめぇこら地縛霊っ‼　俺に何しやがった⁉」

「……霊ではない」

少女はゆっくりと一度まばたきをし、言った。

「私は、朽木《くちき》ルキア。〝死神〟だ」

一護は一瞬、しにがみ、という音に脳内で適切な漢字を充《あ》てられなかった。

それほど、日常とはかけ離れた言葉だったのだ。

「し…死神……⁉」

あらためて、その少女――ルキアを見る。

(さっきおっさんの霊を成仏させてたし、変な術も使える……確かに普通じゃねえけど……こいつが死神だと……⁉)

一護の想像上の死神は、ボロボロの黒いローブをまとい、どくろの飾りがついた巨大な鎌を持っている。目の前に立つ和装の美少女とは、あまりにも違った。

「仕事の邪魔をするな。貴様はここでじっとしていろ」

ルキアが踵《きびす》を返し、ドアに向かって一歩踏み出した、次の瞬間。

「きゃあっ‼」

階下から、小さな悲鳴と食器の割れる音が聞こえてきた。

「遊子の声だ……！」

「来たか！」

ルキアは小型端末を胸元にしまい、ドアに駆け寄る。

「ちょっと待て!!　何が来たんだよ!?」

「虚《ホロウ》という悪霊だ！　貴様には関係ない！」

「ないわけねぇだろ!?　下には俺の家族がいるんだぞ!?　解けよこの術!!」

「貴様が来たところで何もできん！　私に任せておとなしくここにいろ！」

背を向けたまま一護に念を押し、ルキアはドアノブに手をかけた。

「……ぐおぉぉおお……!!」

背後から聞こえた唸《うな》り声《ごえ》に、振り向く。先ほどまで床に伏していた一護が、上体を起こしかけていた。

「な……!?　よせ！　それは人間の力で解けるようなものではない！　無理をすれば貴様の魂が……」

「うらあああぁぁああぁ――――ッ!!」

一護が吠える。

樹木が引き裂かれるような鈍い音と共に、両腕を縛りつけていた見えない鎖が弾《はじ》け飛《と》んだ。

「遊子――!!」

一護は壁に立てかけてあった金属バットを手に取り、ルキアの脇を駆け抜けた。飛び降りるような勢いで階段を下りていく。

「莫迦《ばか》な……！　人間が自力で……⁉」

その姿を見つめるルキアの首筋を、つぅ、と冷えた汗がつたい落ちた。

一護がリビングに駆け込むと、遊子が割れた食器を拾い集めていた。

「遊子、どうした⁉　大丈夫か⁉」

「あ、お兄ちゃん！　ごめんね。お兄ちゃんのお茶碗、落としちゃった……」

へへ、と力なく笑う。

「どうした？」

「何？　大きな声出して」

悲鳴を聞き、別々の場所にいた一心と夏梨も集まってきた。

「珍しいね、遊子が食器割るなんて」

「どこも切ってないか、遊子⁉　父さんが片づけるから、お前たちはちょっと離れてなさい！」

一心は慌てて娘たちをその場から遠ざけ、破片を拾い始めた。

「ありがとう、お父さん。なんかね、ものすごい声……みたいなのが聞こえて、びっくりしちゃって」

「声……？」

遊子は、不安げな瞳で一護を見上げ、うん、とうなずく。

「何か…大きな動物の鳴き声みたいな……」


「ゴァオオオァァオオン!!」


遊子の言葉を遮るように、何者かの咆哮《ほうこう》が轟《とどろ》き、リビングの壁に大穴が空《あ》いた。

一番近くにいた一心の体が吹っ飛び、壁に叩きつけられる。ずるりと床に落ちたその背中が、血で真っ赤に染まっていた。

「なに……？」

突然のことに呆然《ぼうぜん》としている遊子に向かって、壁の穴から破壊者の巨大な腕が伸びる。遊子の手前に立っていた夏梨は、指の一振りで跳ね飛ばされた。ずざざざ、と小さな体が床を滑り、ダイニングテーブルにぶつかって動かなくなる。

すべてが、ほんの一瞬のことだった。

「夏梨っ!! 親父っ!!」

叫ぶ一護の目前で、大きな手のひらが、むんずと遊子の体をつかんだ。

「いやあぁぁ!!」

「やめろっ!!」

一護はその腕に向かって、持っていた金属バットを渾身《こんしん》の力で振り下ろす。しかし、腕はその大きさに見合わぬ速さで、遊子の体を壁の外へと持ち去った。

「遊子―――っ!!」

バットの先端は空《くう》を切り、フローリングの床にめり込む。一護はすばやく一心と夏梨に駆け寄り、二人に息があることを確認すると、遊子を追って外へ飛び出した。

「な……なんなんだこいつは……!」

つぶやいた一護の声に、庭木をなぎ倒し、車道へ出ようとしていた巨体が、振り向く。

あまりにも異様な、その姿。

(こいつが〝ホロウ〟ってやつなのか……!? 悪霊っていうから人の姿なのかと思ったら……バケモノじゃねぇか……!!)

体の一番高い部分は、二階の屋根を優に超えている。胸の真ん中には、ぽっかりと大きな孔《あな》が空いていた。地につくほど長い腕と、それとは対照的に短い足。顔には奇妙な模様が入った仮面が被《かぶ》さっており、目は丸く、ただただ白く光るのみで、表情がまったくない。その空虚な光は、どうしようもなく一護の体をすくませた。

ガチガチと奥歯がなり、バットを持つ手が震える。

（くそ……ッ！　震えるな、体‼）

一護は自分の腕を強くつかみ、歯を食いしばった。眉間に力を込めて、虚《ホロウ》をにらむ。

「遊子を離せぇぇえ‼」

妹の体をつかんでいるその巨大な右腕に向かって、全速力で走る。

「あああぁぁぁ‼」

バットを振り上げた一護めがけて、虚《ホロウ》が左腕を振った。風を切り、巨岩のような拳《こぶし》が迫ってくる。

「ぐぉ……ッ‼」

とっさにバットで防御したが、その力はあまりにも強大で、一護の体はあっさりと弾き飛ばされた。固い路面に背中から落ち、激痛に顔を歪《ゆが》める。

咳《せ》き込《こ》みながら上体を起こした一護は、手にした金属バットが折れていることに気づき、息を呑んだ。

(ムチャクチャじゃねえか……!)

使い物にならなくなったバットを捨て、折れたバットの破片で切れたこめかみから流れ出た血を手の甲でぬぐう。

(どうにかして遊子を助けねぇと……)

奥歯を噛みしめ、一護が顔を上げる。と、街灯を背にした虚《ホロウ》が、その腕を振り下ろそうとしていた。

全身から、血の気が引いていく。

(ちくしょう……ここまでなのかよ……!)

悔しさに顔を歪ませる一護の視界に、ひらり、と舞い込んだ、黒い姿。

刀を手に虚《ホロウ》に斬《き》りかかったのは、あの死神――ルキアだった。

ルキアの振り下ろした白刃《はくじん》が、虚《ホロウ》の右腕に深く食い込む。骨で止まった刃《やいば》を引き抜き、噴き出す血を避《よ》けて着地した。

「ギァァアアアァァ!!」

咆哮を上げ、虚《ホロウ》が右手を開く。捕われていた遊子が宙に放り出された。

「遊子!!」

地面すれすれで、一護がしっかりとその体を抱きとめる。

「しっかりしろ、遊子！　大丈夫か⁉」

「……おにい…ちゃん……？」

うっすらと目を開けた遊子を見て、一護は安堵のため息をついた。ルキアは虚《ホロウ》の血を振り落とし、体の正面で刀を構え直す。二人を背にして、痛みにもだえている虚《ホロウ》を見すえた。

「おい死神！　あれがホロウなのか⁉　なんでうちの家族が狙われたんだよ⁉」

背中に向かって問いかける。

「……虚《ホロウ》は、生者・死者の別なく襲って魂を喰らうが……より霊的濃度の高い魂を求める習性がある。そのため無関係な人間を襲うというのは、間々あることだ」

虚《ホロウ》に注視したまま、ルキアは言葉を続けた。

「私は、死神が見え、自力で緊縛術《きんばくじゅつ》を破る人間など、今まで見たことも聞いたこともなかった……。恐らく、奴の狙いは……貴様だ」

「俺……？」

一護はうつむき、腕に抱いた妹を見つめる。乱暴な扱いを受けたその体には、いくつも擦《す》り傷やあざができていた。

「それじゃ、これ全部……俺のせいなのかよ……？　うちがぶっ壊されたのも、家族が傷だらけになってんのも……全部」

「そんなつもりで言ったわけでは……」

少し無神経だったか、とルキアは己の言動を悔いて、ほんの一瞬、背後の一護に目をやった。

虚《ホロウ》はその隙を逃さず、長い腕をムチのようにしならせ、ルキアを打った。吹き飛ばされた黒ずくめの小さな体が、道路脇のブロック塀に叩きつけられる。

「かは……っ！」

肺から押し出された空気が、わずかにルキアの声帯を揺らした。

「死神‼」

塀が崩れ、土埃が舞い上がる。虚《ホロウ》の喉《のど》から、グルゥゥウ、と満足気な声が漏れた。

「……いいかげんに…しやがれ……‼」

一護は虚《ホロウ》をにらみつけたまま、妹をそっと路面に横たえ、強く拳を握って立ち上がった。

「お前、俺の魂がほしいんだろ……？」

拳が震えているのは、恐れからではない。強い怒りが、彼の体を震わせていた。

それは同時に、皆を守れない弱い自分への怒りでもあった。

「だったら俺だけを狙え‼ 他の連中は関係ねぇだろ‼」

一護はそう言い放ち、虚《ホロウ》を遊子から引き離すべく走りだした。しかし、人間の脚力では敵《かな》うはずもなく、たやすく虚《ホロウ》に進路を塞《ふさ》がれてしまう。

ぐぱぁ、と大口を開けた虚《ホロウ》が、一護に迫ってくる。

「莫迦者が……！」

瓦礫《がれき》を押しのけて立ち上がったルキアは、地を蹴り、跳躍した。

（死なせはしない……!!）

強くそれだけを、思う。

「ちくしょぉぉおお――――!!」

痛みを覚悟し固く目を閉じた一護の頬《ほお》に、生ぬるい液体が飛び散った。

はっとしてまぶたを上げる。

眼前に迫っていた虚《ホロウ》の牙が、ルキアの体に突き立てられていた。

「ぐ……っ！　うあぁっ!!」

ルキアは鮮血をまき散らしながら、歯を食いしばり、虚《ホロウ》の上顎《うわあご》を深く斬りつけた。

「ギャアアァァアアアァァ!!」

虚《ホロウ》が絶叫し、転がるようにして二人から離れていく。その姿を見すえたまま、ルキアはがくりと膝《ひざ》から崩れ落ちた。

「死神っ!!」

一護はルキアに駆け寄り、かたわらに膝をついた。

「この……たわけが……！」

荒い呼吸を繰り返しつつ、ルキアが切《き》れ切《ぎ》れに言う。

「自分の魂さえ…くれてやれば……すべて済むとでも…思ったか……？」

「……悪かった」

ルキアの周りに、じわじわと血溜まりが広がっていく。

「……残念だが…今の私では奴とは戦えそうもない……このままでは、全員奴の餌になるのを…待つばかりだ……」

出血量を見れば、彼女がこれ以上戦えないことは明白だった。

「クソ……！」

膝頭をつかんでうつむき、自責の念に肩を震わせる一護を見て、ルキアはゆっくりと一度、まばたきをした。

「家族を助けたいか……？」

「助ける方法があるのか⁉ 教えてくれ‼」

身を乗り出した一護に、静かにうなずく。

「……一つだけ、ある」

ルキアは血溜まりから刀を拾い上げ、血まみれの刀身を袖《そで》でぬぐった。

「貴様が……死神になるのだ！」

切っ先を、一護に向ける。

「な……!? そんなことできるのかよ!?」

「できる。この斬魄刀《ざんぱくとう》を通して、私の力の半分を貴様に注《そそ》ぎ込《こ》むのだ。そうすれば貴様は一時的に死神の力を得、奴とも互角に戦えるはず……」

「注ぎ込むって……？」

「斬魄刀を……貴様の胸の中心に突き立てる」

「……は!?」

「貴様の、霊的資質の高さを見込んでの計画だが、成功率は高くはないし……失敗すれば、死ぬ」

「刀で胸刺したら普通死ぬだろ!?」

「だが、もはやそれしか方法はない！　……迷っている暇もな」

それでも一護は、すぐに返答できなかった。

ルキアはこの〝斬魄刀〟で、胸をつらぬけ、と言っているのだ。

「……お兄…ちゃん……」

逡巡する一護の耳に、遊子の小さな声が届いた。閉じたままの瞳から、涙がこぼれ落ちる。悪い夢にうなされているようだ。

「……逃げて…お兄ちゃん……！　はやく……逃げて……！」

遊子の唇がかすかに動き、声が漏れる。

一護は、ぎりりと奥歯を噛みしめた。

（どうして自分が死にそうだって時に俺の心配なんかしてんだよ……！　自分のことでビビってる俺が……バカみてえじゃねぇか！）

顔を上げた一護の目に、もう迷いはなかった。

「刀をよこせ死神！　てめぇのアイデアにのってやろうじゃねぇか！」

ルキアは手を差し伸べた一護を見上げ、わずかに目を細めた。

「〝死神〟ではない。朽木ルキアだ」

「……そうだったな。俺は黒崎一護だ。これが最後のアイサツにならないことを……祈ろうぜ」

ルキアは斬魄刀を杖代わりにして立ち、ゆるゆると刀身を持ち上げた。たっぷりと血を吸った黒衣は肌に張りつき、ルキアの動きを鈍らせる。

一護は自分に向けられた細い刀に手を添え、しっかりとその鍔《つば》をつかんだ。

「……いくぞ」

「ああ」

切っ先を一護の胸に当て、二人は静止する。動きを止めた二人を見るや、ここぞとばかりに虚《ホロウ》が駆け寄ってきた。見る間に距離が詰まっていく。

一護は息を止め、刀を引き寄せた。

それに合わせて、ルキアがその胸を、つらぬく。

白い閃光が、二人を包んだ。


刹那。

まぶしさに目を細めた虚《ホロウ》の左腕が、斬り飛ばされた。

見開かれたルキアの瞳に映る、身の丈ほどもある大刀をたずさえた、黒衣の男。

それは――死神となった、黒崎一護だった。

「莫迦な……半分のつもりが、すべての力を奪い取られてしまった……！」

ルキアが呆然とつぶやく。

「ギィィイイアアァァオオオォォ‼」

鼓膜が痛むほどの咆哮を上げながら、虚《ホロウ》が一護に突進していく。踏みつけようと振り上げた足を、一護は一振りで軽々と斬り落とした。

片足では巨体を支えられず、虚《ホロウ》は顔面から一護のほうへ倒れ込む。なおもその魂を喰らおうと、裂けそうなほど口を開いていた。

「うちの連中に手ぇ上げた罪を思い知れ!!」

一護は両腕で高く掲げた斬魄刀を、一気に振り下ろす。

両断された虚《ホロウ》の体は、光に呑まれ、跡形もなく消し飛んだ。

「……死神の霊力に呼応して姿を変える斬魄刀が、これほど巨大になるとは……! 貴様……本当に只《ただ》の人間か……!?」

大刀を手にした一護に、思わずルキアが問いかけた。

「あたりめーだろ? ただの人間だよ」

朝焼け色の髪をした少年は、戸惑いつつも満ち足りた表情で答える。ルキアはその額に向けて、人差し指と中指を伸ばした。

「ちょっ……」

意味のある言葉を紡《つむ》ぐ間もなく、一護の意識は白い闇の底へ沈んでいった。

第二章

「……ぃちゃん！　ねぇ、お兄ちゃん！　起きて！」

体を揺すぶられ、一護《いちご》はうっすらと目を開いた。妹の遊子《ゆず》が、布団越しに肩を揺すっている。

「んん……なんだよ遊子……？　……遊子ッ⁉」

「きゃっ⁉」

がばっと跳ね起きた一護に驚き、遊子はぺたんと床に尻餅をついた。

「痛《い》たた～……そんなにびっくりしなくても……」

「お前、ケガはどうした⁉」

「大げさだよ、お兄ちゃん。ちょっとお尻打っただけだよ？」

「そうじゃなくて、昨日のケガだよ！　バケモンにやられただろ⁉」

「ばけもん？　……お兄ちゃん、まだ寝ぼけてるの？」

一護はベッドから飛び出すと、きょとんとしている遊子の腕や足を確認した。昨日あったはずの擦《す》り傷やあざは、どこにも見当たらない。

（夢……だったのか……？）

壁に立てかけてある姿見を見る。自分の額《ひたい》にあった傷も、きれいさっぱり消えていた。

「はは……！　焦ったぁ……」

力なく笑って、一護はベッドに腰掛けた。その腕を、遊子が引っ張る。

「それより、大変なの！　お兄ちゃんもはやく下に来て！」

「何が大変なんだよ？」

腕を引かれて立ち上がった一護に、遊子が言った。

「リビングの壁に、おっきな穴が空《あ》いちゃってるの！」

一護の全身に、ぞわっと鳥肌が立った。

（夢じゃなかったのかよ……!?）

遊子を残し、自室を飛び出す。転げ落ちるようにして階段を下り、リビングに駆け込んだ。

虚《ホロウ》の襲撃によって空いた穴が、昨夜見たままの形で、そこにあった。

「おう、一護！　起きたか」

「おはよ、一兄《イチニイ》」

穴の前にいた一心《いっしん》と夏梨《かりん》が振り返る。二人も、まったくの無傷だった。

「しっかし奇跡だよな！　トラックが家に突っ込んだのに全員無傷とは！」

「誰も起きなかったってことのほうが奇跡だけどね」

室内に散らばった瓦礫《がれき》を片づけながら、一心と夏梨が言う。

「トラックが……？」

「ああ。うちの前の道でトラックが暴走してここに突っ込んで、そのまま逃げちまったらしい」

作業に加わった一護に、一心が答えた。

「誰から聞いたんだ？　その話」

「帽子かぶった知らない男の人。夜ここを通りかかった時に偶然見たんだって」

今度は夏梨が答えた。

（帽子の男だと……？　どういうことだ？　全員キズがきれいに消えてるし、なんで穴が空いてんのかも覚えてねぇ。死神流のアフターケアってやつか……？）

「お兄ちゃん、どうしたの……？」

険しい顔で黙り込んだ一護を、遊子が心配そうに見上げる。一護は、なんでもない、と首を振り、片づけ作業を再開した。

（あいつは……尸魂界《ソウル・ソサエティ》とかいうところに帰ったのか……）

一護は、黒髪の小さな死神のことを思った。

空座《からくら》第一高等学校。

三階、一年三組の教室。開け放たれた窓から入ってくる風が、クリーム色のカーテンをゆるやかに揺らしている。

一護のクラスメイトである井上織姫《いのうえおりひめ》は、時折ため息を漏らしながら、二時限目が終わっても主《あるじ》が現れない斜め前の空席を見つめていた。

「そーんなに一護が心配？」

かけられた声に、振り向く。

「たつきちゃん！」

織姫の親友で、一護の幼馴染《おさななじみ》でもある有沢《ありさわ》たつきが、呆《あき》れたように笑っていた。

「黒崎《くろさき》くん、どうしたんだろ……」

「まぁ、珍しいよね。あいつ意外とマジメで、学校サボるタイプじゃないからなー」

「そうだよね……」

織姫が、はぁ、とまたため息をつく。たつきは前の席の椅子を反転させ、織姫と向かい合って座った。

「ねぇ織姫。あんた一体、あれのどこがいいの？」

心底不思議そうな顔で問いかける。

「一護って、無愛想だし髪は変な色だしガキだし短気だし……正直、あんたみたいな美人なら
もっと上を……」

「おもしろいところ！」

にかっと笑って、織姫は即答した。

「へ？　おもしろい……？」

「あたしはあの、いつもしかめっ面《つら》してる黒崎くんの顔を思い浮かべるだけで……」

織姫は目を閉じ、一護の顔を思い浮かべる。

「……ブプ――――ッ!!　最高!!」

その表情が見る見るうちにゆるんでいき、最終的に吹き出すに至った。

「そ……そうかなぁ……」

たつきが苦笑する。親友のたつきにも、織姫の思考回路は読めないようだ。

「一護、今日休みかもしんないぜ」

そう言って、浅野啓吾《あさのけいご》が二人のもとに近づいてきた。

「どういうこと？　あんた何か知ってんの？」

たつきが問うと、啓吾は廊下を指差した。

「さっきそこで越智《おち》先生から聞いたんだけど、一護ん家《ち》、夜中にトラックが突っ込んできてめ

ちゃくちゃになってるらしい」

「トラックぅ⁉　じゃあ何？　あいつケガしたの⁉　それとも死ん……」

「でねえよ。うちの連中は全員無傷だ。残念だったな」

たつきの言葉を遮ったのは、ようやく登校してきた一護だった。

「黒崎くんも、ケガないんだよね……？」

「見てのとおりな」

「よかったぁ……！」

いつもどおりのしかめっ面で現れた一護を見て、織姫はほわっと笑顔になった。

「でも一護ん家の前の道ってそんなに車通んないよね？　なのにトラックが突っ込むなんて、ツイてなかったねー」

たつきが言う。

「いや……俺の記憶だとトラックじゃねえんだよ。でっけーバケモンが突っ込んできて……俺も家族もケガしたはずなのに朝になったら治ってて、しかもみんなそのこと覚えてなくて……」

自分の置かれた状況を確認するようにつぶやいた一護は、友人たちがかつてないほどにキョトンとした顔をしているのを見て、しまった、と思った。

「一護、お前……頭打っただろ？」

「今の発言、相当ヤバイよ？」

「授業なんかいいからでかい病院行ってこい。な？」

「脳の輪切り写真、撮ってもらいな？」

案の定、啓吾とたつきが左右から矢継《やつ》ぎ早《ばや》に言葉を投げかけてくる。

「大丈夫だよッ！　そういう夢見たって話だ！　忘れろ！」

言うんじゃなかった、と悔いながら、一護は自分の机にカバンを下ろす。イスを引き、中腰になったところへ、隣の席の少女が話しかけてきた。

「貴様……あなたが黒崎くん？」

一護がそちらへ顔を向けると、少女は、「こんにちは！」と、さわやかな笑顔を見せた。

──それは、昨夜の死神、朽木《くちき》ルキアだった。

「あ、彼女は今日から来た転校生の朽木さん。こんな半端な時期だけど、おうちの事情で急に引っ越してきたらしくて……」

「てっ……てめぇ、なんで……!?」

混乱する一護の頭には、織姫の説明はほとんど入ってこなかった。

「あれ、お知り合い？」

織姫が首をかしげる。今の一護に、それに答える余裕はない。

「よろしく、黒崎くん！　教科書ってこれで大丈夫かしら？」

ルキアはにこやかにほほ笑み、一護のほうへ、スッと教科書を差し出した。

『さわいだら殺す！』

開いたページに、太いマジックペンでそう書いてある。

（どういうつもりだこの野郎————ッ!!）

平静を装いつつ、一護は心の中で絶叫した。


三時限目が終わってすぐ、一護はルキアを屋上へ連れ出した。

「どういうつもりか説明してもらおうか！」

屋上を囲う金網の前で立ち止まり、一護が振り向く。

「てめぇの仕事はあのバケモンを倒すことだったんだろ⁉　それがなんでうちのクラスに潜り込んでる？　さっさと死神の世界に帰ればいいだろ！」

「できるならとっくにそうしている。今の私には、あちらへ戻る術《すべ》がないのだ」

「は？　どういう……」

「この世と尸魂界《ソウル・ソサエティ》を行き来できるのは死神だけ……その力が、今の私にはない」

「でも、俺はもう死神じゃねぇよな？　あの黒い着物じゃねぇし。どこ行っちまったんだよ、その死神の力は？」

ルキアはスタスタと歩み寄り、一護の胸の中央を指した。

「貴様の〝中〟だ。肉体ではなく、魂が死神化している」

一護は、信じられない思いで胸に手を当てた。

冷えた切っ先が皮膚を突き破ってくる感触が、生々しく蘇《よみがえ》る。

「とにかく！　昨夜のあの時、私の力はほとんど貴様に奪われてしまったのだ」

「死神じゃなくなったから、みんなにもお前が見えるようになったのか？」

「これは緊急時のための〝義骸《ぎがい》〟という仮の肉体だ。これに入り、人間を装っている。弱体化した死神は、虚《ホロウ》に狙われやすいからな」

義骸と呼ばれるその体は、どう見ても人間そのものだった。わずかな風にそよぐ黒髪も、日光の当たり具合で収縮する瞳孔《どうこう》も、とても作り物には見えない。

「本来、死神も虚《ホロウ》も……まぁ、貴様のような例外もあるが……人間には見ることはできん。それでは今後何かと不便なのでな」

「……今後？」

「ああ。貴様には当分の間、死神代行として死神の仕事を手伝ってもらう！」

声高《こわだか》にそう宣言したルキアに、一護が「はァ!?」と詰め寄る。

「なんでだよ⁉　俺の魂が死神になってんなら、昨日みてぇに刀で刺せばお前に力が戻るんじゃねぇのか⁉」

「……説明するより早いか」

ルキアは甲にどくろのマークが描かれた手袋・捂魂手甲《ごこんてつこう》を右手に装着し、一護の胸に向かって掌底《しょうてい》を打ち込んだ。

「おわぁッ⁉」

その手は驚く一護の実体から、死神化した彼の魂を外へ押し出した。魂の抜けた肉体が、ばったりと地面に倒れる。

「なんだこりゃ⁉　おいっ！　しっかりしろ、俺の本体‼」

「やはり……かなり霊圧が下がっているな……」

うろたえる一護を前に、ルキアは厳しい表情でつぶやいた。

「自分でもわかるだろう？　昨夜に比べ、力が弱まっていると」

一護は訝《いぶか》しみつつも、目を閉じ、内なる力に集中してみる。確かに、あの時感じた内側からこんこんと湧き出すような力を感じなくなっていた。

「霊圧と霊力は、炎と燃料のようなもの。貴様は昨夜、その高い霊圧を制御せず全開で戦ったからな……戦闘中に相当量の霊力を放出してしまったのだろう」

「俺のレイアツってのが下がったのはわかったけどよ、そのこととお前に死神の力を戻せねぇことが関係あんのかよ？」

「戻すことはたやすい。昨夜同様、貴様の胸に斬魄刀《ざんぱくとう》を突き立てれば済む」

「だったら……！」

「だが今のまま行えば、魂魄《こんぱく》を維持するだけの霊力が残らず、貴様は確実に……死ぬ」

「なっ⁉　嘘だろ……⁉」

ルキアの真剣な眼差《まなざ》しが、それが事実であることを物語っている。

「じゃあどうすりゃいいんだよ⁉」

「だから、先刻《せんこく》言ったであろう？　死神の仕事を手伝え、と。霊圧は、修業を積み、虚《ホロウ》と戦うことで少しずつ高くなる……」

「〝修業〟だぁ⁉」

「貴様を死なせず、私が死神に戻るには、そうするほかない！　言っておくが、貴様に断る権利は……」

「断る！」

一護は単刀直入に言い、校内に続く扉のほうへ歩きだした。

「ちょっと、待て！　私が死神としての力を失った今、昨夜と同じように罪もない人間が虚《ホロウ》に襲われた時、救えるのは貴様だけ……」

「昨日は！」

ルキアの言葉を遮り、背を向けたまま一護が言う。

「昨日俺があんなのと戦えたのは……襲われてたのが俺の身内だったからだ。見ず知らずの他人のために、あんなバケモノとなんて戦えねぇ！　俺はそこまでやれるほどできた人間じゃねえんだよ！　期待を裏切るようで悪いけどな！」

鋭い痛みと、むせ返るような血の匂い。

あの恐怖を再び味わうかもしれないと考えただけで、一護の頬《ほお》を冷や汗が伝う。

「……そうか」

ルキアにも、それは痛いほどわかっていた。このような子供に責務を負わせることを心苦しく思い、守りきれなかった己の不甲斐《ふがい》なさを恥じていた。

（今少し……時間が必要かもしれんな……）

去っていく一護の背中を見つめる。

と、視線の先で一護がくるりと振り向いた。白目をむいて倒れている自分の体を指《さ》して言う。

「俺を早く俺に戻せっ！」

黒崎家。

（ったく……死神だの虚《ホロウ》だのって……冗談じゃねーぞ！）

下校中もずっと不機嫌だった一護は、眉間《みけん》に深いシワを刻んだまま帰宅した。庭に散らばった細かな瓦礫《がれき》を拾い集めていた妹たちに、「ただいま」と声をかける。

「あ、お兄ちゃん！　おかえりー」

「おかえり、一兄」

修繕業者が入るまでの応急処置として、壁の穴は外と内の両面からベニヤ板で塞《ふさ》いである。今朝一心と一護で打ちつけたものだ。

「親父は？」

「家の中片づけてる」

夏梨が答える。二人ともぶかぶかの軍手をはめているのがほほ笑ましい。ずっといらだっていた一護の心が、ふっと和《やわ》らいだ。

「そっか。俺もなんか手伝うか？」

「ここはもう終わるから大丈夫だよー。あっ、お風呂洗っといてくれるとうれしい！」

「はいよ」

遊子にうなずいてみせ、一護は玄関のドアを開いた。

「あ、そうだ。お兄ちゃん、あたしのパジャマ知らない？　赤いチェックのやつ」

その背中に、遊子が問いかける。

「んなもん俺が知るわけねえだろ？」

「そうだよね……。おかしいなぁ、どこいっちゃったんだろ……？」

首をひねりながら、遊子は再び片づけを始めた。


自室に戻った一護は、制服の上着を脱《ぬ》いでハンガーに掛け、部屋着を出そうと押入れの戸を開けた。

中にいた人物と、目が合う。

「うおわァッ!?」

押入れの上段、普段は来客用の布団がしまってある場所に、ルキアが座っていた。

「無礼者！　レディーの部屋の戸を勝手に開けるな！」

「てててめぇ!!　どーやって入った!?　あっ、それ遊子のパジャマじゃねーか！　俺の漫画も！」

赤いチェックのパジャマに身を包んだルキアは、読んでいた漫画を置き、腕組みをした。

「仕方がなかろう、私には住む所も着る物もないのだから。第一、貴様は私が傍《そば》におらねば死神化できぬであろう？」

「だから、俺は死神なんかやらねぇって言ってんだろ！　さっさと出てけ！」

「貴様はこの運命から逃れることはできん。……これが共同生活の掟《おきて》だ。きちんと守れよ」

一枚のメモ書きを一護に突きつけると、ルキアはぴしゃりと引戸を閉めてしまった。

「ちょ、待て！　共同生活って、てめぇここに住む気か⁉　ふざけんなよッ‼」

思わず受け取ってしまったメモを丸めて床に投げ捨て、一護は取っ手を引いた。

「クソ……ッ‼　なんで開かねえんだよ⁉」

両手を使って引いても、びくともしない。

「おい！　なんとか言えっ‼」

「騒がしい奴だな……書き付けを読め」

「あァ⁉」

一護は丸めて捨てたメモを拾い上げ、広げた。

掟一、戸を開ける際は必ず一声かける事
掟二、窓は施錠せぬ事

掟三、押入れ内部の改装（内鍵の設置等）に目を瞑《つむ》る事

丁寧な文字で、そう綴られていた。

「てめぇ勝手に内鍵つけやがったな⁉　俺が着替える時どーすんだよ⁉　おいコラ、聞いてんのか‼」

戸の外で騒ぎ立てる一護を無視して、ルキアは死神に支給されている通信端末・伝令神機《でんれいしんき》の液晶画面を見つめる。

（そろそろ限界か……）

画面の隅で、バッテリーの残量を示すマークが赤く点滅していた。

三《み》ツ宮《みや》地区・浦原《うらはら》商店。

空座町の東、人通りの少ない路地裏に建つこの雑貨店は、表向きは駄菓子や日用品を扱うごく普通の商店だが、その裏で、尸魂界《ソウル・ソサエティ》から仕入れた各種霊具も商《あきな》っている。

ルキアは一護が階下で夕食をとっている間に家を出て、まっすぐにこの店へやってきた。

『準備中』の札がかけられた引戸を躊躇なく開け、薄暗い店内へ入る。と同時に、店の奥のふ

すまが開いた。

「いらっしゃいませ、朽木サン」

帽子を目深《まぶか》にかぶった作務衣《さむえ》姿の男が、下駄をつっかけて店に出てくる。

店主の浦原喜助《きすけ》である。

「どうです、その義骸《ぎがい》。女子高生姿もなかなか様になってますよ」

言いつつ、浦原は店に明かりを灯《とも》した。

「戯言《ざれごと》を」

眉をひそめたルキアを見て、浦原は楽しげに目を細めた。鍵付きの戸棚を開け、中から手のひら大の小さな包みを取り出し、ルキアに手渡す。

「どうぞ。新しいバッテリーです」

うむ、と軽くうなずき、ルキアは包みを解いた。緩衝材《かんしょうざい》の中から取り出した伝令神機のバッテリーを、慣れた手つきで交換する。

「で、どうでした？　彼の反応は」

この〝彼〟とは黒崎一護を指している。昨夜の事後処理に手を貸し、黒崎家の三人に壁の穴はトラックの暴走によるものだと教えたのは、浦原だった。

「……かなり反発しているな」

「まぁ、無理もないっスね……相当怖い思いをしたでしょうし」

「そうだな……」

考え込むように押し黙ったルキアに、浦原は努めて明るく訊《き》いた。

「他にご入用は？　事情が事情ですし、お安くしときますよォ」

にっと口角を上げ、電卓を掲げて見せる。ルキアは、「強欲商人め……」とつぶやき、わずかに目元を和らげた。

「では、これを頼む」

胸ポケットから必要なものを列記したメモ書きを取り出し、浦原に渡す。そこに書き連ねられた物を見て、浦原は、ふむ、と顎《あご》に手をやった。

「〝修業〟ですか」

「ああ。彼奴《あやつ》の霊圧を回復させ、早々に力を取り戻さねばならんからな」

「力の譲渡は重罪っスからねぇ……」

浦原はメモを懐《ふところ》にしまい、腕を組んで天井をあおいだ。

「しかし……成り行きとはいえ、掟を破ったことがあちらに知れたら……厄介《やっかい》なことになりますよ？」

「……わかっている」

険しい表情で答え、ルキアは伝令神機の画面に視線を落とす。

そこには、『至急帰還セヨ』という警告文が表示されていた。


同日、同時刻。

命を落とした魂魄が、再び現世へ転生するまでの間過ごす世界——尸魂界《ソウル・ソサエティ》。

その中心部に位置する死神たちが住まう街・瀞霊廷《せいれいてい》のとある一室で、一通の書状を挟み、二人の死神が向き合っていた。

一方は、紅《くれない》の髪と全身に彫られた刺青《イレズミ》が特徴的な、目つきの鋭い男、阿散井恋次《あばらいれんじ》。

もう一方は、貴族のみに着用が許されている髪留め・牽星箝《けんせいかん》で長い黒髪をまとめ、淡く発光しているような美しい織り目の襟巻《えりまき》をまとった男、朽木白哉《びゃくや》である。

暗がりの中、行灯《あんどん》の薄明かりが、ひざまずいた恋次の横顔を照らしている。

「……霊圧がかなり下がっちまってて、見つからないようです」

広げられた書状には、朽木ルキアの写真が添付されていた。

「そうか……」

上段に座し、報告に耳を傾けていた白哉は、書状に貼られたルキアの顔に視線を落とす。その瞳には、なんの色も浮かんでいない。

「ルキアがフィッシュボーンD程度の虚《ホロウ》にやられたとは思えねえ……まさかアイツ、本当に人間に力を渡したってのか……!?」

恋次は独りごち、床に着いた拳《こぶし》を固く握りしめた。書状を折りたたみ、懐にしまう。

「〝捕らえよ。然《さ》もなくば、殺せ〟か……。死神の仕事じゃないスよね……」

「……我等は只《ただ》、掟に従うのみ。行くぞ」

白哉は決然と言い、立ち上がった。その動きに合わせて、白銀色の襟巻がふわりと揺れる。

恋次は深く黙礼し、迷いのない足取りで部屋を出ていく白哉のあとに続いた。

第三章

翌朝。

空座町《からくらちょう》、空須川《からすがわ》。

「いいか。この世には二種類の魂魄《こんぱく》がある」

早朝の川原に、凜《りん》と通るルキアの声が響く。その正面には、突然叩き起こされ問答無用でここへ連れてこられた一護《いちご》が、不機嫌さを丸出しにした顔で座っていた。

「一つは整《プラス》と呼ばれる通常の霊。貴様が普段目にしている、いわゆる〝幽霊〟は、すべてこれだと考えていい」

ルキアは手にスケッチブックを掲げており、開かれたページには笑顔のウサギが描かれている。そこに、『プラス・いい霊』と書き足した。

「そして今一つが、貴様が倒したあの虚《ホロウ》と呼ばれる悪霊だ」

ルキアは、次のページに描かれた怒った顔のクマの下に、『ホロウ・悪い霊』と書き込む。

「我々死神の仕事は二つ。一つは整《プラス》を魂葬《こんそう》で尸魂界《ソウル・ソサエティ》へと導くこと。貴様の部屋で見せた、斬魄刀《ざんぱくとう》の柄頭《つかがしら》を整《プラス》の額《ひたい》に押し当てる行為……あれが魂葬だ」

ルキアは自分の額を、とんとん、と指で叩いてみせた。

「二つ目が、虚《ホロウ》を斬《き》り、昇華させること。あの晩、貴様が行ったのはこれにあたる。……ここまではいいな？」

スケッチブックを閉じ、視線を上げる。返事の代わりに大きなあくびをした一護に、ルキアは持っていたマジックペンを投げつけた。

「いってッ!!」

寝癖のついたオレンジ色の頭にクリーンヒットする。

「真面目に聞かぬか、一護！」

「うっせー！　気安く名前で呼ぶんじゃねぇよ！」

一護は患部をさすりながら立ち上がり、くるりと背を向けた。

「こら！　話はまだ終わっておらんぞ！」

「知るか！」

ドスドスと地面を踏みつけるようにして歩きだす。

「かくなる上は……！」

ルキアはかたわらに置いていた大きな布包みを解き、現れた小型のピッチングマシンを一護に向けた。マシンは昨夜浦原《うらはら》から借り受けた物で、その側面には、『浦原商店』のロゴをあしらったシールが貼られている。

バシュンッ、と発射口から球が飛び出し、一護の背中のど真ん中に当たった。

「いってぇなッ‼　……っておい、危ねッ‼」

振り向いた一護が、二球目をかわす。

三球目、四球目と、球は発射され続ける。

「おい、やめ……っ‼　球止めろ‼　なんなんだよこれ⁉」

「死神の修業だ！」

「はぁ⁉」

ルキアは球を止めることなく、一護の足元に木刀を放った。

「それで球を叩き落とせ！」

一護は、「クソッ！」と毒づきながらも木刀を拾い上げ、言われたとおりに球を狙って振り下ろした。かすりはするものの、芯でとらえることは難しく、自分に当たらないよう球の軌道を変えるので精一杯だった。

「戦闘において重要なのは、相手の攻撃を避け、己の攻撃を通すこと……。この修業は、動いているものを正確に捉える力を鍛えるためのものだ」

言いつつ、ルキアは球速を上げる。

「なっ⁉　速っ‼　ちょっ、やめ‼　いってぇ‼」

かすらせることすら困難になり、球が体にバシバシ当たり始める。

「だぁ〜〜〜ッ‼　こんなことやってられっか‼」

一護は木刀を川原に叩きつけ、全速力で堤防を駆け上がった。

「おい、逃げるな！」

ルキアの声に振り向いた一護は、堤防の上から、「勝手にやってろ、バーカ‼」と吐き捨て、肩を怒《いか》らせて帰っていった。


空座第一高等学校。

（ったく、ふざけやがって……！）

今朝のいらだちを引きずったまま登校した一護は、教室に入るなり、駆け寄ってきた啓吾《けいご》に両肩をつかまれた。

「おい、一護ッ‼」

「な、なんだよ？」

「オマエ、朽木《くちき》さんとつき合ってんのか⁉」

「な……っ⁉　なんでそんな話になってんだ⁉」

「二人っきりで屋上に行くとこを目撃したってヤツがいるんだよッ‼　どうなってんだ一護さんよォ⁉」

「つき合うわけねぇだろあんなヤツと‼」

唐突な質問に面食らいつつ、一護はがくがくと肩を揺さぶってくる啓吾を振りほどいた。

「あんなヤツって……元々知り合いだったのかよ⁉　ズルいぞ一護‼　オレにも紹介しろォッ！」

「知り合いじゃねぇし、なんの関係もねぇよ！」

心底嫌《いや》そうな顔で、一護が言う。

「そのとおりですわ」

ちょうど教室に入ってきたルキアが、にっこりとほほ笑み、一護に同意した。

「あっ、朽木さぁ～ん！　おはようございまぁす！」

一瞬にして満面の笑みを浮かべた啓吾に、ルキアは少し困ったような表情で言う。

「黒崎《くろさき》くんとは単なるクラスメイトですわ。誤解などなさいませんよう」

「ええ、ええ！　それはもう‼　朽木さんがそうおっしゃるなら、この浅野《あさの》啓吾、全面的に信じますッ‼」

啓吾はしゃんと背筋を伸ばし、ビシッと敬礼した。

「ふふ、ありがとうございます」

啓吾に向かって軽くお辞儀をしてから、ルキアは視線を一護に移す。

「ところで黒崎くん、ちょっといいかしら？」

「なんだよ、単なるクラスメイトの朽木さん？」

ルキアはほほ笑みをたたえたまま、一護の正面に立ち、みぞおちに素早く正拳突《せいけんづ》きをねじ込んだ。

「うぐッ⁉」

「あらあら大変！　お腹が痛いんですの？　すぐに保健室へ連れていってあげますわね！」

ルキアはうめいて前傾した一護の体を支え、なかば引きずるようにしてそそくさと教室を出ていく。

「今、殴った……？　いやいや〜、まさかね！　まさか……ね？」

啓吾は同意を求めて教室を見回したが、残念ながら、事件の目撃者は彼ただ一人だった。


空須川。

「いい加減ッ!! 離しやがれッ!!」

今朝と同じ川原まで引っ張ってこられた一護は、ルキアにがっちりとつかまれていた腕をどうにか振りほどいた。

「なんなんだてめぇは!? そもそも俺は死神の仕事なんかやらねぇって言ったはずだろ!? もう俺に話しかけるな!! 近づくな!! 関わるな!!」

猛烈な剣幕で言い、一護はその場を立ち去ろうとする。

「待て」

ルキアは二本の木刀を手に、一護を呼び止めた。一方を一護の足元に投げ、もう一方を体の正面で構える。振り向いた一護が、「あァ?」と眉間《みけん》にシワを寄せたまま首をかしげた。

「まずは動体視力を鍛えてから、と思ったのだが……貴様には先に今の己の実力を知ってもらわねばならんようだな」

「……なんだと?」

ルキアは一護に、〝お前は弱い〟と言っているのだ。

「本気でこい」

「……上等だ、やってやるよ! 防具着けろ!」

「防具……? そんな物は必要ない」

「いや、着けろよ！　生身の女を木刀で殴れるわけねぇだろ⁉」

　それを聞いて、ルキアは冷笑を浮かべた。

「貴様の斬撃《ざんげき》が私に当たると思っているのか？」

「……ナメんなッ‼」

　一護は木刀を拾い上げ、その流れのままのルキアに向かっていった。下から切り上げるも、わずかな切っ先の動きで軌道を逸《そ》らされ、がら空《あ》きになった胴を打たれる。

「ぐ……ッ‼　クソ‼」

　即座に反撃に転じるが、それも読まれており、簡単にいなされてしまう。

　何度挑んでも、結果は同じだった。

「はぁ…はぁ……ちくしょ……ッ！」

　すべての攻撃が、当たりそうで当たらない。いらだちは疲労度を加速させ、どんどん動きも鈍くなる。

「これでわかっただろう？　己の未熟さが」

　諭《さと》すように言うルキアの呼吸は、まったく乱れていない。二人の間には、圧倒的な技術の差があった。

「あ～～もうッ‼　終わりだ終わり‼」

一護は木刀を投げ捨て、何度も倒され泥だらけになった制服をはたいた。

「おい一護！　まだ修業は終わっておらぬぞ！」

「もうほっといてくれ！」

踵《きびす》を返し、堤防を登っていく。

「私とて貴様のような糞餓鬼《くそがき》に関わりたくなどないわ！　だが貴様から死神の力を取り戻すまでは放っておくわけにはいかぬのだ！　いい加減に理解しろ、たわけ！」

「知るかよっ！　もうこっちの世界で暮らせばいいだろ！　そんだけ強けりゃ剣術の指導者としてやっていけるんじゃねーか？」

まるで歯が立たなかったいらだちから、ルキアに皮肉をぶつける。

「そんなことできるわけが……！」

「じゃあな‼」

一護は振り向かず、高校へ戻っていった。

一人残されたルキアは、ポケットから伝令神機《でんれいしんき》を取り出し、画面を見つめる。

「一護……猶予《ゆうよ》はないのだぞ……？　貴様にも……私にもな……」

そこには、『最終警告』という真っ赤な文字が表示されていた。

三時限目から教室に戻った一護は、その日ずっと不機嫌だった。木刀で打たれた体が痛むたび、一撃も当てられなかった自分へのいらだちが再燃する。

放課後、啓吾に誘われて繁華街へ出かけたのは、そのイライラを解消するためだった。食べて帰る、と家に連絡を入れた一護は、ゲームセンターとファストフード店をはしごし、すっかり日が落ちてから家路についた。

啓吾と別れ、高架沿いの道を歩く。日中でも薄暗いこの道は、夜になると人通りがほとんどなく、しんとしていた。時折通る電車の音が、通過後の静かさを際立《きわだ》たせる。

幾度目かの電車が、一護の頭上を通り過ぎた。

轟音。

と、正面から強烈な気配を感じた。

(なん…なんだ……これ……)

あの夜、虚《ホロウ》と対峙した際に感じたものに近いが、その何倍も重く、息苦しさすら覚える。

(これが……〝レイアツ〟ってやつなのか……!?)

一護は、暗闇にじっと目を凝《こ》らす。

街灯と街灯の間、どちらからの光も届かない闇の中に、男が一人、立っていた。

「……誰だ」

一護のこめかみを、冷や汗が伝う。

「へぇ？　俺が見えんのか……」

街灯の下へ、男が歩み出た。ルキアと同様の黒衣・死覇装《しはくしょう》を身にまとい、長い紅《くれない》の髪を一括《ひとくく》りにまとめている。

それは、死神・阿散井恋次《あばらいれんじ》だった。

「この辺りで霊圧の高いヤツを探してたら、テメェに行き当たった」

恋次がゆったりとした歩みで近づいてくる。

「そーかよ」

平静を装い、一護も歩きだした。ただ対峙《たいじ》しているだけで、体力が削り取られていくようだった。

恋次が立ち止まる。一護はそのまま、横を通り抜けようとした。

「朽木ルキア」

恋次が口にした名に、一瞬、一護の呼吸が止まる。その反応に、恋次は目を細めた。

「知ってるな」

「……知らねー」

「テメェの前に現れたはずだ」

「知らねーって言ってるだろ」

「とぼけんなよ。ルキアはグランドフィッシャーを追って、テメェのところに来たはずだ」

「グランド……？　なんだそりゃ」

「虚《ホロウ》だよ。知ってんだろ？　もっとも、テメェが見たのは〝フィッシュボーンＤ〟って雑魚《ざこ》だがな」

　立ち去ろうとする一護の進路を、恋次が阻《はば》む。

「ルキアはどこだ？」

「だから知らねーって言ってんだろ！」

　語気を強めた一護を見て、恋次は愉《たの》しげに笑った。

「嘘はいけねぇなァ……」

　腰の斬魄刀《ざんぱくとう》に手をかけた、次の瞬間。

　恋次は抜刀《ばっとう》し、一護に斬りかかった。

「何しやがる!!」

　横に飛び退《との》いてかわす。切っ先がアスファルトに食い込み、火花が上がった。

「ルキアの居場所を言え!!」

返す刀で一護の足を狙う。

地を這うような斬撃が、一護に迫る。

そこへ突然、二人の間を切り裂くように、一条の光が飛び込んできた。

「なんだァ⁉」

飛び退いた恋次の足元へ、再度光が走る。恋次は素早く跳躍し、橋脚《きようきやく》の陰に身を潜めた。一護もそれにならい、転がるようにして別の橋脚の後ろに隠れる。

地面に突き立った青白く発光するそれは、光の矢だった。見る間に光は弱まり、跡形もなく消えてしまう。

「この矢……！　滅却師《クインシー》か……⁉」

忌々《いまいま》しげな顔で舌打ちをし、恋次は闇に溶けるようにしてその場から消えてしまった。

「……なんだったんだ……」

再び人気《ひとけ》の絶えた高架沿いの道で、一護が苦々《にがにが》しくつぶやく。

光の矢が飛んできた方向を調べても、なんの痕跡《こんせき》も見つからなかった。

黒崎家。

一護は自室へ戻ると、カバンを床に投げ出し、ベッドに横たわった。

「……ここに来たわけを言えよ」

天井をあおいだまま問う。

「……何の話だ？」

ややあって、押入れの中からルキアの声が返ってきた。

「俺は、俺の知らねぇことが裏で勝手に進んでんのが大嫌いなんだよ」

「……言っている意味がわからん」

「嘘つくんじゃねぇ。隠してること全部言えよ」

ルキアは引戸を開け、「何も隠してなどおらぬ」と一護を見た。上体を起こした一護が、怒りを抑えるように長く息を吐き、言う。

「だったら、なんで俺は赤毛の死神に襲われたんだ？」

ルキアの瞳が、驚きに見開かれる。

「……ほらみろ。全部話せ」

一護はベッドの端に腰掛け、話をうながすようにルキアを見つめた。ルキアは軽く唇を噛み、床に視線を落としたまま押し黙っている。

「じゃあ俺が言ってやろうか？　お前はグランド何とかって虚《ホロウ》を追ってこの世界に来た。で、そんなお前を赤毛の死神が追ってる。そして俺は……お前をかくまってるせいで、そいつに殺されかけた！」

膝《ひざ》に置いた拳《こぶし》を、強く握りしめる。ルキアは、そんな一護の様子をざっと見て、「怪我はなかったようだな……」と小さく息をついた。

「ご心配どーも！」

気づかわれたことにすらいら立ち、一護はフイッとそっぽを向いた。

「……修業を急がねばならぬな……」

そう漏らしたルキアに、ついに一護の感情が爆発する。

「おい、冗談じゃねえぞ⁉　俺はてめーらのゴタゴタに巻き込まれるのなんかまっぴらだからな⁉　俺にはお前がソウル何とかに戻れるかどうかなんて関係ねぇんだよ！　そもそもお前、ここに住んでいいって言ってねーからな⁉　もう出てってくれ‼」

一息に言うと、ルキアから顔を背《そむ》けるようにして再びベッドに横たわった。こわばったその背中から、怒りが伝わってくる。

ルキアは、つかの間一護の背中を見つめていたが、やがて引戸を閉め、中で制服に着替えてから部屋へ出てきた。右手には革靴を持っている。

「……世話になったな」

窓を開け、静かにつぶやく。
そのまま振り向くことなく、ルキアは黒崎家から出ていった。

第四章

空座《からくら》第一高等学校。

四時限目の終了を告げるチャイムが鳴り、教員が出ていく。購買へ向かう生徒、別の場所で弁当を食べる生徒が一斉に立ち上がり、教室内は一瞬にしてにぎやかな喧騒に包まれた。

一護《いちご》は弁当派だが、飲み物だけはいつも校内の自動販売機で買っている。三階の渡り廊下に設置された自販機へ向かおうと、財布をポケットに突っ込んで教室を出た。

渡り廊下に差しかかったところで、「黒崎《くろさき》」と背後から声をかけられ、振り向く。

神経質そうな顔をした眼鏡《めがね》の男子生徒が、まっすぐ一護に近づいてきた。

「えっと…同じクラス……だっけ?」

教室で見かけた覚えはあるが、一度も話したことがない相手だった。

「僕は石田雨竜《いしだうりゅう》だ」

「そっか。悪ぃな、名前思い出せな……」

「君は死神か?」

日常の中で不意に発せられた〝死神〟という言葉に、一瞬、頭の中が真っ白になった。

「……はァ⁉　なんだって？　ふざけてんのか？」

一護は努めて冷静に聞き返す。が、その表情はかなりぎこちない。

「君の霊圧がバカみたいに高いのは、以前からわかっていたんだ。それが、突然がらりと変質した。ちょうどあの転入生が来た日を境に……ね」

「お前、何なんだ……？」

スッと真顔になった一護を見て、雨竜はわずかに目を細めた。

「僕の存在に気づいていなかったようだね……」

渡り廊下の真ん中でじっと対峙《たいじ》する二人に、通り過ぎる生徒たちが、何してるんだろう、と言いたげな視線を投げかけていく。

「……場所変えるぞ」

「いいだろう」

一護は雨竜を伴い、屋上へ向かった。


「で？　俺の霊圧の高さとやらを、お前はなんで知ってんだ？」

一護は大きな室外機に背中を預け、雨竜をにらみつけた。

「僕は、滅却師《クインシー》の生き残りだ」

「クインシー……？　なんだそりゃ？」

聞き覚えのない響きに、一護が眉をひそめる。

「見ろ」

雨竜は右腕を一護の方へ伸ばした。その手首には、華奢《きやしや》なチェーンに十字架形のチャームが付いた、銀色のブレスレットがはまっている。雨竜が左手をチャームにかざすと、そこから青白い光が溢《あふ》れ出し、またたく間に光の長弓《ちようきゆう》を形作った。そのまま弦《つる》を引くように左手を動かすと、引き絞る動きに合わせて、光の矢が出現した。

はっと息を呑《の》んだ一護の頭上を、一筋の光が走る。

雨竜が射った矢は積雲を突き抜け、空の彼方《かなた》へ消えていった。

「昨日のあれ、お前だったのか……」

阿散井恋次《あばらいれんじ》の足元に射ち込《こ》まれた光の矢は、まさしく今の矢と同じものだった。

「死神の霊圧を感じて行ってみたら、君が殺されそうになっていたからね」

「……正直助かったわ。サンキュな」

礼を言われた雨竜は、露骨に嫌《いや》な顔をして一護をねめつけた。

「勘違いしないでくれ。僕が君を助けたのは、今死んでもらっては困るからだ。僕は死神を憎んでいる。黒崎一護……君も含めて、だ」

「なんで俺まで……。俺がお前に何したっつーんだよ？」

今日まで話したこともなかった相手に憎しみを向けられる理由がわからず、一護は首をひねった。

「君は……本当に何も知らないんだな」

「あァ？」

雨竜の蔑《さげす》むような視線に、一護はぴくりと眉を震わせる。

「滅却師《クインシー》とは、虚《ホロウ》を滅却《こ ろ》する力を持つ人間のことだ。かつては世界中に散在していたが、二百年以上前に滅びたんだよ。……死神の手によってね」

「え……？」

驚く一護に向けて、雨竜はゆっくりと弓を構えた。

「勝負しないか、黒崎一護。死神と滅却師《クインシー》、どちらが優れているのか」

「勝負……？　俺とお前が？」

「そうだ。……解らせてあげるよ。この世に死神なんて必要ないってことをさ」

「バッカバカしい！　なんでそんなことしなきゃいけねぇんだ、アホくせー！　そもそも俺は、好きで死神になったんじゃねぇんだよ！」

「……逃げるのかい？」

「挑発にゃ乗んねーよ！」

一護は、しっしっ、と雨竜を追い払うように手を振り、ドアの方へ歩きだす。その足元スレスレに、光の矢が射込まれた。

「あっぶねぇな!! やめろって!!」

「刀を出せ、黒崎！」

雨竜は弓を引き絞り、一護に狙いを定める。

「いい加減にしろよ!? 俺はやらねーって言ってんだろ!!」

折れる気配のない一護に、雨竜は軽く息を吐き、右手で十字架のチャームを握り込んだ。瞬時に弓が消え、元のブレスレットに戻る。

「どうしても死神化しないつもりか……。だったら、無理にでもなってもらうしかないようだね……」

雨竜は胸ポケットから分厚いコインのような乳白色のかたまりを取り出し、それを外に向かって放り投げた。屋上のフェンスを越えたかたまりは、くるくると回転しながら落ち、地面に当たって粉々に砕け散る。

一護はフェンスに駆け寄り、砕けた欠片《かけら》が風に運ばれていくのを見つめた。

悪寒が走り、背筋が粟立つ。どうしようもなく、嫌な予感がした。

「なんだ今の……⁉　何した⁉」

「対虚《ホロウ》用の撒き餌《まえ》を撒いたんだ。すぐこの辺りに虚《ホロウ》が集まってくるだろう」

「なんだと⁉」

　こともなげに言う雨竜に、一護が詰め寄ろうとした時。

「一護―――――‼」

　名を呼びながら階段を駆け上がってきたルキアが、屋上のドアを開いた。雨竜はその声を聞き、とっさに塔屋の陰に身を隠す。

「虚《ホロウ》だ‼」

　手にした伝令神機《でんれいしんき》から、虚《ホロウ》の出現を報《しら》せるアラーム音が鳴り続けている。

「え？　ちょっ⁉」

　一直線に一護に駆け寄り、そのまま捂魂手甲《ごこんてっこう》をはめた手で胸に掌底《しょうてい》を食らわせた。死神化した一護が体から押し出され、本体がぐにゃりと地面に倒れる。

「急げ一護！　何故《なぜ》かはわからぬが、この辺りに続々と虚《ホロウ》が集まってきているのだ！」

「だからなんなんだよっ！　俺には関係ねぇだろ！」

　袖《そで》を引っ張るルキアを振りほどいて、一護が言う。ルキアはその胸ぐらをつかみ、至近距離からにらみ上げた。

「虚《ホロウ》を倒し、霊圧を上げぬ限り、貴様が死神の力から解放されることはない！　わかったらさっさと来い！」

「どいつもこいつも、もういい加減にしてくれ‼　死神だの虚《ホロウ》だのって……」

その時、怒鳴る一護の耳に、子供の悲鳴が聞こえた。

聞き覚えのある、声だった。

「あの声……！」

一護は弾《はじ》かれたように駆けだし、屋上のフェンスを飛び越える。

「あっ、おい‼　一護‼」

ルキアもすぐにその後を追おうとフェンスに駆け寄ったが、自分が死神化していないことに思い至り、小さく舌打ちをしてから階段へ向かった。


空座ふれあい公園。

スケートボードの集団を撃退したあの坂道へ駆けつけた一護は、この辺りにいるはずの少年の霊を探した。周囲を見回すと、公園をぐるりと囲うように植えられたイチョウの木が、不自然に大きく揺れている。

「あっちか！」

一護は全力で坂を駆け上がり、公園の柵を乗り越えた。

「うわあああぁぁっ!!」

交通事故で死んだあの少年の霊が、泣きながら逃げ惑っている。追っているのは、蜘蛛《くも》のような姿の虚《ホロウ》だった。巨大な六本の脚をザクザクと地面に突き立てながら少年に迫っている。

背負った斬魄刀《ざんぱくとう》の柄《つか》に手をかけた一護を、追いついてきたルキアが、「待て！」と制した。

「助けるつもりか？　赤の他人のあの霊を」

ルキアの言葉に、一護は耳を疑った。

「な……!?　今そんなこと言ってる場合かよ!?　他人でも目の前で襲われてんのに助けないなんてできるわけ……」

「目の前だろうがどこか遠くだろうが！　襲われるという事実に変わりはない！」

ルキアの視線は、一護の心を見透かすように、強い。

一護は、柄を握ったまま動けなくなった。

『見ず知らずの他人のために、あんなバケモノとなんて戦えねぇ！』

自分はそう言って、虚《ホロウ》と戦うことを拒んだのだ。

「目の前で襲われているから助ける、だと？　甘ったれるな！　死神はすべての霊魂に平等でなければならぬ！　今あの子供を助けるというのなら、他のすべての霊も助ける覚悟を決めろ！　どこまででも駆けつけ……その身を捨てても助けるという覚悟をな！」

「ゴチャゴチャうるせぇ!!」

ルキアの話を断ち切るようにして、一護は一息に抜刀した。少年を追い回す虚《ホロウ》の足元へ跳躍し、大刀を一閃《いっせん》する。

「ギャあぁぁァアあ!!」

右前脚を切り飛ばされ、虚《ホロウ》が絶叫した。

「覚悟だとかそんなモン知るか!!　俺は、助けたいと思ったら助ける!!　悪《わり》ぃか!!」

一護は、その場にへたり込んだ少年の霊を抱え上げ、公園の外へ逃がした。

「てめぇは違うのかよ!?　てめぇはあの時、体を張って俺を助けてくれた！　あん時てめぇは、死神の義務とか覚悟とかそんな難しいこと考えて助けたのか!?　体張る時ってそんなんじゃねぇだろ!!」

虚《ホロウ》はよろめきながらも、残った五本の脚で一護に向かってくる。一護は振り下ろされた左前脚を横っ跳びでかわし、地面に深く刺さったその脚を駆け上がった。

「おらァ――――!!」

顔面に、深々と斬魄刀を突き立てる。

「グぎャぁァァあアアぁあ!!」

虚《ホロウ》は頭をのけぞらせ、濁った咆哮《ほうこう》を上げた。顔の傷から溢れ出た光に包まれ、その体は急速に風化していく。

「俺は、赤の他人のために命を賭けられるほど立派な人間じゃねぇが……目の前で困ってるやつをほっとけるほどクズでもねぇんだよ!!」

「……そうか」

相変わらず眉間《みけん》にシワを寄せたままの一護を見て、ルキアはわずかに目を細めた。

「ルキア、次の虚《ホロウ》はどこだ!?　この辺に集まってきてんだろ!?」

一護にうながされ、ルキアは急いで伝令神機を取り出し、画面を見た。

「これは……どういうことだ……？」

現在地を示す小さな三角形の周囲から、虚《ホロウ》を示す赤い点が一つ残らずなくなっている。

「あれ程あった反応が……すべて消えてしまった……」

「はァ？　機械の故障だったのか？」

ルキアは、「そんな筈《はず》は……」とつぶやき、手早く伝令神機をチェックした。が、どこにも異常は見当たらない。

（虚《ホロウ》用の撒き餌ってのはホラだったのかよ……!?　あのクソメガネ……！）

胸中で雨竜に対して悪態をつきながら、一護は斬魄刀を鞘《さや》に納めた。

「……この程度の雑魚《ざこ》なら倒せるみてぇだな」

真後ろから、声。

弾かれたように振り向いた一護の前に立っていたのは、昨夜遭遇した、赤い髪の死神だった。

「てめぇは……！」

「阿散井…恋次……！」

ルキアは、ぎり、と奥歯を嚙み締め、無意識に一歩後ずさった。

「安心しな！　テメェらがグズグズやってる間に、ここらにいた虚《ホロウ》はみんな俺が片づけてやったからよォ！」

恋次は斬魄刀の峰で肩をトントンと叩きながら、無防備に一護の横を通り過ぎ、ルキアに近づいていく。

「無視してんじゃねぇッ!!」

一護が抜刀しようと柄に手をかけた瞬間。

「おせぇよ」

その喉元《のどもと》に、恋次の刀の切っ先が突きつけられていた。

「くっ!!」

後ろに飛《と》び退《の》くも、一護が着地するより早く、恋次はその背後に回り込んでいる。背中を斬り上げられた後、強《したた》かに蹴られ、うつ伏せに地面に叩きつけられた。

「ぐは……ッ‼」

「あっけねぇなァ」

激しく咳《せ》き込《こ》む一護の背を踏みつけ、恋次がつまらなそうに言う。

（速《はえ》ぇ……！）

背中から流れ出した血が、死覇装《しはくしょう》をじっとりと湿らせていく。

一護は、受け身を取ることも——刀を抜くことすらも、できなかった。

「やめろ、恋次‼」

ルキアが駆け寄ってくる。恋次は、フンッと鼻を鳴らし、跳躍した。ルキアは頭上から振り下ろされた刀を前方に跳んでかわし、振り向きざまに恋次の足を払うように回し蹴りを繰り出す。

「くらうかよ！」

恋次はそれを軽く跳んでかわし、足を狙って刀を突き出した。紙一重のところで切っ先をかわしたルキアは、素早く立ち上がり、恋次を見すえた。

「わかってるよなァ、ルキア？　一撃目も二撃目も、テメェがかわしたんじゃねえ……俺がかわさせてやったんだ」

恋次の言葉に、ルキアは唇を噛む。

(強い……！　此奴《こやつ》…また腕を上げている……！)

手加減された攻撃すら、恐ろしいほどに鋭かった。

「どうして貴様がここに……」

「決まってんだろ。テメェを捕らえ、テメェから力を奪った奴を殺しにきたんだ」

ルキアは恋次から目を離さず、じりじりと後退し、一護をその背に庇《かば》うようにして立った。

「そんなにそのガキを守りてぇのか」

吐き捨てるように恋次が言う。ルキアは口《くち》を引き結んだまま答えない。

「俺と同じ流魂街《ルコンがい》の出でありながら大貴族の朽木《くちき》家に拾われ、死神としての英才教育を施《ほどこ》された朽木ルキアともあろう者がァ！　そんな人間みてーな表情《かお》してんじゃねぇよ!!　……なァ、朽木隊長!!」

恋次の視線の先――ルキアの背後に、朽木白哉が立っていた。

「……白哉《びゃくや》…兄様《にいさま》……！」

その冷徹な眼差《まなざ》しに、ルキアの指先が震えだす。

「ルキア……何故《なにゆえ》、掟《おきて》を破った」

白哉の声に圧《お》し潰《つぶ》されるように、ルキアは膝《ひざ》を折り、低頭した。

「故意ではないのです……！　死神の力を渡さねば、この者だけでなく私も虚《ホロウ》に喰われていました。半分のつもりが、此奴《こやつ》の資質が思いの外《ほか》高く、すべて奪われてしまい……」

「ハッ！　いい加減なこと言ってんじゃねーぞ！」

割って入った恋次を視線だけで制し、白哉は、ちら、と一護に目をやった。顔には脂汗《あぶらあせ》が浮かび、呼吸も切れ切れだが、その瞳には意志の力が宿っている。

「人間への力の譲渡は重罪……このまま尸魂界《ソウル・ソサエティ》へ戻れば、処刑は免れぬ」

「わかんだろ、ルキア？　さっさとそのガキから力を取り戻せよ！」

「しかし、今取り戻せば……霊圧が戻っておらぬ此奴は、確実に死にます」

「……ならば、殺せ」

ルキアは息を呑み、顔を上げた。自分を見下ろす白哉は、心の底が凍《い》てつくような、冷淡な瞳をしている。

震える唇で、ルキアはどうにか言葉を紡《つむ》いだ。

「……此奴が死神の力を持ったのは私の都合……此奴に罪はありませぬ。罪のない人間を殺《あや》めるのは、死神の仕事ではない筈……！」

祈るような思いで白哉を仰ぎ見る。

白哉はその視線を断ち切るように、目を閉じた。

「……次の満月まで待つ。その子供から力を取り戻し……殺せ」

冷然と言い放ち、ルキアに背を向ける。

「お待ち下さい、兄様！」

白哉は振り向かず、死神独自の高速歩法・瞬歩《しゅんぽ》でその場を去った。一瞬にして姿がかき消え、舞い上げられたわずかな土埃だけが残る。

恋次は、何か言いたげに一度ルキアを振り返った。しかし言葉を発することなく、白哉を追い、瞬歩で消えた。

（……消えちまった……速いとか…そんなレベルじゃねぇな……）

はは、とかすかに笑い、一護はゆっくりと目を閉じる。

手足は凍《こご》えるほど冷たいのに、背中は灼《や》けるように熱かった。

「一護⁉　おい、しっかりしろ‼」

ルキアが耳元で叫ぶ声も――やがて、聞こえなくなった。


雨。

大好きな母ちゃん。手を握ってくれる。
川に落ちそうな、ずぶ濡れの女の子。
危ない、と思った。守りたい、と思った。
走る。
伸ばした腕の先にある、自分の小さな手のひら。
「だめ！　一護!!」
母ちゃんが叫ぶ。
女の子が、振り向いた。

鉄橋を走る、電車の音。
体に覆いかぶさっている誰か。
動かない。
血まみれの母ちゃん。
雨。雨。雨――。

黒崎家。

まぶた越しに、日差しを感じる。うっすら目を開くと、視線の先で見慣れた自室のカーテンが揺れていた。風をはらんで大きく揺れるたび、日光が顔に当たる。

まぶしさに身じろいだ一護は、背中の痛みに小さくうめいた。

「おう、起きたか」

ベッドの脇に置かれたイスから立ち上がり、一心《いっしん》が顔を覗き込んでくる。

「……親父……？　俺…なんで……」

「事故ったんだって？」

「事故……？」

「ああ。女の子がうちまで連れてきてくれたんだ。その子もずいぶんしんどそうだったから休んでいきなって言ったんだけどな……断られちまった」

「……そうか」

一護は、自分の肉体がどこにあったのか、記憶をたどる。公園に行く前、高校の屋上で死神化したことに思い至り、ルキアの労力を思った。

「ちゃんと礼を言っとけよォ？　あんなちっこい体で、一生懸命お前を運んできてくれたんだからな」

一心は洗面器の上でタオルを絞り、一護が額《ひたい》にかいた汗を拭き取る。

「母ちゃんの夢……見た」

天井を見つめたまま、一護がつぶやいた。

「そうか……もうすぐ命日だもんな」

タオルを洗面器に戻し、一心は本棚の上の写真立てに目をやった。

亡き妻・真咲《まさき》と幼い一護が、写真の中で笑っている。

「俺は……母ちゃんを守れなかった。母ちゃんが死んだのは、俺のせいだ……」

一護は腕を上げ、両目を覆った。瞼《まぶた》の裏に、血まみれになった母の姿がよみがえる。

その姿に、白哉に頭を下げるルキアの横顔が、重なった。

「結局、俺は……誰も守れない……」

吐き出すように言う一護に、一心は静かに語りかける。

「お前のせいじゃねぇよ、一護。ただ、俺の惚《ほ》れた女は、自分のガキを守って死ねる女だった、ってことさ」

「親父……」

自分のほうを向いた一護に、ニッと笑いかけた。

「ウジウジしてんなよ！　悲しみなんてカッコいいもんを背負うには、オメーはまだ若すぎるからな」

一心は洗面器を手に、「メシ食えそうなら下りてこいよー」と言い置いて部屋を出ていく。階段を下りていく足音を聞きながら、一護は自分の手のひらを見つめた。

無力な手のひらを、見つめた。

第五章

空座《からくら》第一高等学校。

いつもより数分遅れて教室に入った啓吾《けいご》は、定位置に座っているオレンジ色の頭を見つけて一気に笑顔になった。

「イッチゴォォオオオ！　昨日なんで休んだんだよォォオ!!」

駆け寄り、一護《いちご》の両肩に、ぽんっ、と軽く手をかける。

「いって……！」

思い切り顔をしかめた一護に、啓吾は、「えっ!?　ゴメン!!」と反射的に謝り、手を引っ込めた。

「ケイゴ……あんたいくら寂しかったからって、暴力はだめでしょー」

「いやいやいやいや！　オレそんな強く触ってないって!!　な、一護!?」

たつきにからかわれ、啓吾は困惑しつつ一護に同意を求める。至近距離からその体を見た啓吾は、胸から腹にかけて包帯が巻かれていることに気づいた。

「……あれ？　包帯巻いてる!?」

夏服のシャツ越しに、うっすら透けて見えている。一護はぶっきらぼうに、「ちょっと事故っただけだ」と答えた。

「じ、事故ぉ⁉」

啓吾が声を上げると、織姫《おりひめ》も心配そうに近づいてきた。

「黒崎《くろさき》くん、大丈夫……⁉」

「ああ……大したことねぇよ」

「そっかぁ……！　それならよかった……！」

一護は、深々と安堵の息を吐く織姫を見て、「大げさだな」と苦笑した。

「ねぇ、一護。あんた、ついこの間家にトラック突っ込んだばっかなのに、また事故って……なんか悪いモンでも憑《つ》いてるんじゃないのぉ？」

にやりと口角を上げたたつきに、「悪いモン？」と織姫が聞き返す。

「悪霊だよ、悪霊！　一護は怨霊に呪われて……」

「そそそういうこと言うの、ややややめろよ有沢《ありさわ》ぁ‼」

「何？　びびってんの？　……こういう話してると集まってくるって言うよねぇ……？」

「やめろよォ‼」

たつきと啓吾のやりとりに〝日常〟を感じ、一護はふっと目を細めた。始業時刻を報《しら》せるチャイムが鳴り、皆が席へ戻っていく。

一護の隣、〝非日常〟の象徴であるルキアの席は、一日中空席だった。


黒崎《くろさき》家。

一昨日から修繕業者が入り、本格的に壁に空《あ》いた穴の補修作業が始まった。リビングの大部分には保全を目的としたブルーシートがかけられているが、食卓周辺は姉妹の尽力によってきれいに片づけられ、いつもの光景に戻っている。

家族そろって夕飯を食べ始めて十分も経たないうちに、一護は箸《はし》を置き、席を立った。

「……ごちそーさん」

食器を重ね、流しに持っていく。

「なんだ、もういいのか？」

「ああ。もう休むわ。……おやすみ」

リビングを出ていく一護に、妹たちが、「おやすみ」と声をかけた。階段を上がっていく足音を聞きながら、遊子《ゆず》が、はぁ、と小さくため息をつく。

「お兄ちゃん、最近元気ないよね……」

「ケガのせい……ってわけでもなさそうだしね」

味噌汁を一口すすってから、夏梨《かりん》も同意した。

「今回はお前たちにも相談してないのか？」

一心《いっしん》の問いに、二人とも、知らない、と首を振る。

「ま、家族にゃ言えない悩みができるのも青少年の特権だわな！　母さん、一護は着実に大人への階段を登ってるぞー!!」

「……いちいち報告すんな」

特大の遺影に話しかける一心を見て、夏梨はうんざりしたようにつぶやいた。


自室に戻った一護は、シャツを脱ぎ、包帯を解《ほど》いた。首だけ振り向けて鏡越しに背中を見る。跡は残ったが、傷口は完全にふさがっていた。今朝まではあった痛みも、ほとんど感じなくなっている。

（あいつが治してくれたのか……）

こんなに短期間で完治するような傷ではなかったはずだ。何か特別な処置が施《ほどこ》されたのだろう、と一護は思う。

部屋着を出すため、押入れを開ける。上段には誰もいない。一護は、そこに置かれた赤いチエックのパジャマを見た。

「これ、遊子に返してやらねぇとな……。ったく、なんて言って返せばいいんだよ……」

着替えて、引戸を閉める。パジャマ返却の件は、いったん忘れることにした。

カーテンを閉めようと窓際に立った一護は、夜空を見上げ、手を止める。

美しい、満月が出ていた。


『その子供から力を取り戻し……殺せ』

白哉《びゃくや》の声が、耳に蘇《よみがえ》る。

一護はベッドに寝転がり、天井をあおいだ。

（ルキアは……なんで俺を助けてくれたんだ……？　どこの誰かもわかんねえ俺に、死神の力をくれてまで……それが重い罪になるってことは、わかってたはず……。なのにあいつは、俺を救ってくれた……命をかけて）


一護をかばい、自ら虚《ホロウ》の口へ飛び込んだ、小さな黒い背中。

一護を守るように抱きしめていた、母の腕。

少年の霊を救おうと、虚《ホロウ》の前に飛び出した、自分。

『体張る時って、そんなんじゃねぇだろ!!』

そう言ったのは、他でもない、自分だったのに。

理屈ではなく、ただ〝助けたい〟――その、強い思い。

「……バカか俺は……!!」

ルキアには、何か思惑があるのだ、と。

死神なりの理由があるのだと思った。別の世界のいざこざに巻き込まれたのだと、思っていた。

「同じじゃねぇか……!　俺も、あいつも……!」

目の前の命を救いたい――それだけのことだったのだ。

服を着替え、一段飛ばしで階段を下りる。

「出かけるのか、こんな時間に?」

リビングから顔を出した一心に、「ちょっと散歩!」と答え、一護は外へ駆けだした。


ルキアの姿を求めて、月夜の空座町を走る。

木刀で戦った川原、恋次《れんじ》と遭遇した高架下、背中を斬《き》られた公園、空座第一高校。

思い当たる場所すべてを巡ったが、ルキアは見つからなかった。

一護はガードレールに浅く腰掛け、呼吸を整えながら、この数日間を回想した。他に何か、ルキアにつながるようなものはなかったか。

「……そうか！　あの石田《いしだ》ってやつ……！」

一護はポケットからスマートフォンを取り出し、啓吾に電話をかけた。

『はいはいー。どしたー、一護？』

三回のコールのあと、のんびりとした啓吾の声が聞こえてきた。

「啓吾！　うちのクラスの石田ってやつ、どこに住んでるか知らねぇか⁉」

『石田って……石田雨竜《うりゅう》？　あのメガネの？　なんで一護がアイツの家なんか……』

「急ぎなんだ！　知ってんなら教えてくれ！」

『わ、わかったよ！　えっと……確か北川瀬《きたかわせ》のほうだったはず……』

「サンキュな！」

『あっ、いち……』

一護はすぐに電話を切り、北川瀬に向けて走りだした。

高校がある学園町を抜け、北川瀬に入る。この辺りは低層の住宅が密集しており、細い路地が多い。

何本目かの角を曲がった時、前方に人影を見つけて、一護は足を止めた。薄暗い路地から歩み出てきたのは、私服姿の石田雨竜だった。

「僕に何か用か？」

「お前、なんで俺が来るって……」

探していたとはいえ、来訪を予期していたかのような登場に、一護は思わず身構えた。

「君の霊圧がこっちに近づいてくるのがわかったからね。……ようやく僕と勝負する気になったのかい？」

雨竜は中指で眼鏡《めがね》を押し上げ、薄く笑う。

「……ルキアがいなくなった。尸魂界《ソウル・ソサエティ》ってのはどこにあるんだ？　あいつはそこに帰ったのか⁉」

一護は数歩雨竜に近づき、声を落として言った。

「そんなこと、僕が知るわけないだろう？」

「教えろよ！　尸魂界《ソウル・ソサエティ》にはどうやって行くんだ⁉」

「知らないと言っている」

詰め寄ってくる一護に、雨竜は眉をひそめた。

「第一、君の魂はまだ死神のままじゃないか。その力を取り戻さない限り朽木《くちき》ルキアは尸魂界《ソウル・ソサエティ》に帰れないんじゃないのか？」

「なんでそのこと……！」

「……見ていたんだ。君があの赤い髪の死神に、為《な》す術《すべ》なく負けるところを」

あの日、死神化した一護を追った雨竜は、一部始終を目撃していたのだった。

「見てたなら、知らねぇか？　あのあとルキアがどこ行ったか」

「僕が見たのは、彼女が君を手当しているところまでだ。そのあとのことはわからない」

「そうか……」

ギリッと歯噛みし、背を向けた一護を、「最後まで聞け、黒崎」と雨竜が呼び止める。

「僕には、朽木ルキアの居場所はわからない。でも、あの時あそこにいた二人の死神の居場所なら、わかる」

「ほんとか⁉」

振り向いた一護の瞳に、輝きが宿る。

「ああ。自身で抑え込んでいるようだけど……奴らの霊圧は、それでも、十分すぎるほど大きいからね……」

「どこなんだ⁉　教えてくれ！　そこにルキアがいるかもしれねぇ！」

「あの二人と戦いになれば……君は死ぬぞ。それでも行くのか？」

「……ゴチャゴチャ考えんのはもうやめたんだ。あいつは、俺やうちの家族を命かけて守ってくれた！　だから俺も、あいつのために体を張る！」

一護の表情から強い覚悟を感じ取った雨竜は、南の方角を指差した。

「椿台《つばきだい》にある鎮守《ちんじゅ》の森《もり》……奴らは今、そこにいる」

「そっか、ありがとな！」

すぐに駆けだした一護の背中に、雨竜が言う。

「生きて戻れよ、黒崎！　僕との勝負がまだだからな！」

「へっ！　知らねーよそんなの！」

振り返ることなく、一護は南へ向かって疾走した。

鎮守の森。

鬱蒼《うっそう》とした森の中に、ぽつんと小さな古い社《やしろ》が建っている。訪れる者がほとんどいないため、社を彩っていたはずの装飾金具はすっかり錆《さ》びつき、外から社へ続く石畳も雑草や苔《こけ》に覆われ荒れ果てている。

満月に照らされた社の前に、三つの人影があった。

「黒崎一護を生かしておけば、グランドフィッシャーを誘《おび》き出《だ》せます。幾度も死神を退《しりぞ》けてきたグランドフィッシャーの討伐は、上への手土産《てみやげ》となりましょう。彼奴《あやつ》を殺すのはその後でも良いかと……」

ルキアは苔むした石畳にひざまずき、頭を垂れている。

「……言ったはずだ。今宵までに力を取り戻し、殺せ……と」

白哉《びゃくや》はその正面に立ち、色のない瞳でルキアを見つめている。

「掟に背《そむ》いてまで、あの子供を助けたいのか……答えよ、ルキア」

その声からは、情味がまったく感じられない。ルキアは顔を上げることすらできず、押し黙っていた。

「さっさと殺しちまえよ、ルキア！　そうすりゃテメェの罪は許される！」

恋次はルキアの隣にしゃがみ込み、うつむけた顔を覗き込むようにして言う。

「あんなガキ、生かしといたってどうせグランドフィッシャーに食われて終わりだろ⁉　ただのエサだろ！　ゴミだろ！　虫ケラだろ‼　そんな奴をなぜ庇《かば》う⁉　さっさと殺し……」

「うるせえええ――――ッ‼」

「どう…して……！」

畳みかける恋次の声が、叫声にかき消される。

石段を駆け上がってきた一護を見て、ルキアは目を見開いた。

「好き放題……言いやがって……!!」

一護は肩で息をしながら恋次をにらみ、そのまま目線を白哉に移した。

「やってやろうじゃねえか……!!　グランド何とかだろうがなんだろうが、全部俺がブッ倒してやるよ!!」

宣言し、挑むように白哉を見る。

その眉が、ぴく、とかすかに震えた。

「いいところに出てきやがったなァ……!」

恋次は白哉への視線を遮るようにして立ち、にやりと笑んで斬魄刀《ざんぱくとう》に手をかけた。

「おい、ルキア。テメェがやれねぇなら、オレが殺してやるよ」

柄《つか》を握る手に、力がこもる。

「よせっ!!」

ルキアが伸ばした手の先で、恋次が抜刀した。丸腰の一護に向かって刀を振り上げる。

「……死ね！」

刀身が月光を受け、きらめく。

「待て、恋次」

振り下ろされた刃《やいば》が、ぴたりと止まった。

恋次は、一護の頭上数センチのところにあった刀を引き、制止した白哉を振り返る。

「……よかろう。やってみるがいい」

「なっ……!? 隊長っ!!」

不満の声を上げる恋次を一瞥《いちべつ》して下がらせ、白哉は静かに一護を見すえた。

「グランドフィッシャーを倒してみせよ」

「……あぁ！」

一護はしっかりとその目を見つめ返し、強くうなずく。

「グランドフィッシャーは俺が倒す!! ……そんでお前に、死神の力をのし付けて返してやるよ！」

唖然として座り込んでいるルキアに、手を差し出した。

「一護……」

見上げたその瞳には、揺るがぬ決意が見て取れる。

「……私の修業は厳しいぞ?」

「へっ！ すぐお前より強くなってやらぁ！」

ふふ、と笑い、ルキアはその手を握り返した。

「いいんですか、隊長？」

石段の最上段から去っていく二人の背中を見下ろし、恋次が問う。

白哉は葉擦れの音に耳を傾け、月を見上げた。

「……何《いず》れにせよ、あの子供にグランドフィッシャーは倒せまい。釣り出す為の餌に過ぎぬ。……グランドフィッシャーはお前がやれ、恋次」

上官の命に、恋次は低く、「はっ」とうなずいた。

「用が済み次第、あの子供も殺す」

白哉は月光に目を細め、こともなげに言う。

「ルキアに殺させますか？」

「……ルキアには殺せまい。情が移っている。……情というものは、病に等しい。罹《かか》れば衰え、根を張れば……死ぬ」

月明《げつめい》に照らされた白哉の横顔には、やはり、なんの表情も浮かんでいなかった。

「子供を庇うようなら……ルキアも殺せ」

「……はい」

厚い雲が風に流され、満月を覆い隠す。

月光が翳《かげ》り、二人の姿は、闇に呑まれた。

第六章

翌日から、修業の日々が始まった。

早朝は、川原で木刀を用いたルキアとの模擬戦闘訓練を行い、放課後はいったん帰宅し、肉体をベッドに残して死神として町へ出る。成仏できずにいる整《プラス》の魂葬《こんそう》はもちろん、インターネットで調べた虚《ホロウ》の仕業《しわざ》と思《おぼ》しき不可解な事件の現場へ赴《おもむ》き、原因となっている虚《ホロウ》を斬り、昇華させる。

毎晩遅くまで町中を駆け回り、一護《いちご》は着実に経験を積んでいった。


そんなある日の夜。

「なぁ、ルキア」

一護の呼びかけに、「なんだ?」とルキアは押入れの引戸を開けた。

満月の夜以降、ルキアはこの押入れに戻り、再び共同生活を送っているのだった。

「グランドフィッシャーって今どのへんにいるんだ?　もう近いのか?」

軽くストレッチをしながら、一護が訊いてくる。ルキアは枕元の伝令神機《でんれいしんき》を手に取り、液晶画面を一護のほうに向けた。

「虚《ホロウ》は普段、この現世と尸魂界《ソウル・ソサエティ》の狭間にある〝虚圏《ウエコムンド》〟という世界に潜んでいる。この伝令神機で探知できるのは虚《ホロウ》が現世へ現れた時のみで、虚圏《ウエコムンド》での動向を知ることはできぬ」

「はぁ？　じゃあなんで俺が狙われてるって……」

「まぁ最後まで聞け。……確かに、虚圏《ウエコムンド》での動きはわからん。しかし、だ。尸魂界《ソウル・ソサエティ》には現世へ出現した虚《ホロウ》の行動を監視する機関があり、その膨大な観測データから、ある程度虚《ホロウ》の行動を予測することができるのだ。その予測に基づき、各地に死神が派遣される。……今回の私のようにな」

「その機関が、グランドフィッシャーの動きを予測したってわけか」

「そういうことだ。最新の予測によると、明後日……十七日に出現するらしい」

ルキアが画面から顔を上げると、一護は複雑な表情で卓上のカレンダーを見つめていた。

「何か予定があるのか？」

小首をかしげるルキアに、「ちょっとな……」と答え、一護はストレッチを再開した。

「それより、グランドフィッシャーってのは、どんなやつなんだ？」

先ほどの一護の表情が気にはなったが、ルキアはそれ以上追及せず、足元のほうにまとめてある荷物の中から、スケッチブックとマジックペンを取り出した。

「グランドフィッシャーは、擬似餌《ぎじえ》を使って狩りをする虚《ホロウ》だ。自らは姿を隠し、首から生えた擬似餌に人の形をとらせ、それが見えた人間……つまり、霊的濃度の高い魂を持った者のみを襲って、喰らう。そうすることで自らも高い力を得、長きにわたって我々死神を退《しりぞ》け続けてきた……」

言いつつ、ルキアはペンを走らせた。怒った顔をした大きなクマの体から、にゅーっと細い線が出ており、その先に笑顔の小さなクマが描かれている。

「……これがグランドフィッシャーかよ？　この子供が喜びそうなヤツが？」

「ふむ……まぁ、もっと凶悪な姿だろうな」

ルキアは絵の周りに、〝悪〟という文字をたくさん書き込んだ。

「この絵のヤツなら簡単に勝てそうだな……」

「侮《あなど》るでない。兎《と》も角《かく》、かなり大きいはずだ」

「今まで戦ったヤツらよりもか？」

うむ、とうなずき、ルキアは怒ったクマの額に×印をつけた。

「だが、どんな虚《ホロウ》も急所は額《ひたい》だ。ここを狙え」

一護が、「わかった」と答えるのを見て、ルキアはスケッチブックを閉じた。

「グランドフィッシャーは俺を狙ってんだよな？」

「ああ」

「いつからだ？」

「お前は、幼い頃から今のように霊が見えていたのか？」

「ああ。物心ついた時からずっとな」

ルキアは顎《あご》に手をやり、少し考えた後、言った。

「ならば、その頃から狙われていたかも知れぬ」

一護の動きが、ぴたりと止まる。

「……グランドフィッシャーは、どんな見た目なんだ？」

「見た者は少ないが……ある者は獣のようだと言い、ある者は魔界の華《はな》のようだと言ったそうだ」

「だったら、擬似餌はどんな姿だ？　それが見えたヤツを襲うんだろ？」

「様々な姿を使い分けているようだが……多くの場合は、少女の姿だと言われている」

どくん、と、大きく心臓が鳴った。

「少女……」

「何か思い当たる節でもあるのか？」

表情が変わった一護を見て、ルキアが首をかしげる。

「少女の姿か……」

一護は本棚の上に目をやった。そこには、小さな写真立てが飾ってある。

亡き母と幼いころの自分が、写真の中で笑っていた。

「……ルキア。どうやらこれは……俺の戦いだ」


鎮守《ちんじゅ》の森《もり》。

グランドフィッシャー到達予測日の、前日。日曜日。

いつもの川原では人目につくため、二人は人気《ひとけ》のない場所を求め、この森へやってきた。少し森が拓《ひら》けている社《やしろ》の前で、早朝から木刀での剣術訓練を続けている。ほんの数日前まではルキアにまったく敵《かな》わなかった一護が、今ではその攻撃を受け流し、反撃できるまでに成長していた。

「ふぅ……少し休むか」

額の汗を手の甲でぬぐい、ルキアは社の縁《えん》にちょこんと腰掛けた。

「そんなとこ座ってバチ当たっても知らねーぞ。……ほら、お前の分」

一護はそう言って、スポーツドリンクのペットボトルを投げる。キャッチしたルキアが、

「気が利《き》くな……」と意外そうにつぶやいた。

「最近出かけてばっかりだけど何してるの、って遊子《ゆず》が訊いてきたから、トレーニングにハマったんだ、って答えたんだ。そしたらなんでかしんねーけど、妙にハリキリだしてな……はちみつレモン作ったり、俺のメシだけ肉を多くしたり……」

何日かずっと悩んでいる様子だった兄が、活《い》き活《い》きとした顔で出かけるようになったことが、遊子にはとてもうれしかったらしい。

「今朝もなんか食うもんねーかと思ってキッチンに行ったら、おにぎりと飲み物が入った袋があって……これが貼られてた」

一護は紙袋の中から一枚のメモを取り出し、ルキアに見せた。

ピンク色のペンで、『お兄ちゃんファイト!!』と書かれている。

「お前の役に立てるのが嬉しいのだろう……健気《けなげ》で愛らしいではないか」

ルキアはふっと目を細め、遊子に感謝しつつ飲み物を口にした。

その後も何度か休憩を挟みつつ、二人の特訓は続けられた。

社の前では、死神化した一護が斬魄刀《ざんぱくとう》を手にして唸《うな》っている。霊力をコントロールして霊圧を飛ばし、離れた場所に置いた空《あ》き瓶を割る訓練をしているのだ。

ルキアは石段の最上段に腰掛け、その様子を監督しながら、人を待っていた。

「だぁ〜〜〜〜ッ!! ほんとに必要なのかよ、この訓練⁉ 普通に考えて、あんな遠いの無理だろ⁉」

この数日の間に、一護は三メートル先に置いた瓶までは壊せるようになっていた。今は五メートル先の瓶を割ろうとしている。

「だいたい、なんで三メートルの次が五メートルなんだよ⁉ 四メートル挟め！」

「つべこべ言うな！ お前は霊圧を放射状に発散してしまっている。それを直線的に放てばいいだけのことだろう？」

「それができねえっつってんだよ！」

「それをできるようにするための訓練だ！ さっさとやれ！ 集中しろ！」

一護はブツブツと文句を言いながら、再び瓶に向き直った。

「まったく、仕様のない……」

腕組みをしてつぶやくルキアの元へ、下駄の音を響かせながら、待ち人が石段を登ってきた。

「……来たか」

立ち上がり、自分も石段を下りていく。

「毎度どーも、朽木《くちき》サン」

石段の中程で合流したのは、浦原《うらはら》商店の店主・浦原喜助《きすけ》だった。

「ご所望の、義骸《ぎがい》の能力向上薬っス。それからこれは、オマケの疲労回復剤です」

浦原から、青い液体が入った小瓶と、黒い錠剤が入ったピルケースを受け取ったルキアは、

「助かる」と小さく頭を下げた。

「いいえ～、困った時はお互い様っスから！　……それより、どうっスか？　黒崎《くろさき》サンの様子は」

浦原が社のほうを仰ぎ見る。ルキアもそれに倣《なら》った。

「元来反射神経が優れていたせいか、ここ数日で剣術はかなり上達した。これならグランドフィッシャーともどうにか渡り合えるだろう。しかし……」

「霊力のコントロールがむちゃくちゃっスね～」

「そうなのだ……。コツのようなものを教えてやれれば良いのだが、死神にとって霊力をコントロールすることはごく自然な行為なのでな……」

「息の仕方を教えるようなものっスからねぇ……何かきっかけでもあれば、とんでもない化け方しそうなんスけどね……彼」

その意味深な物言いに、ルキアは眉をひそめて浦原を見た。視線に気づいた浦原は、すぐにいつもの調子を取り戻し、踵《きびす》を返す。

「それじゃあ、アタシはこのへんで！　グランドフィッシャー討伐の報奨金が入ったら、ツケの支払いお願いしますよォ、朽木サン！」

浦原は帽子を目深《まぶか》にかぶり直し、からころと下駄を鳴らして帰っていく。

見計らったかのように、十八時を報《しら》せるチャイムが空座町《からくらちょう》に鳴り渡った。


ルキアは社の前に戻り、一護を呼び寄せた。

「なんだよ？　瓶の訓練はもういいのか？」

大きな斬魄刀を肩に担いで、一護が首をかしげる。

「ああ……そろそろ仕上げに入ろう」

ルキアは先ほど入手したばかりの小瓶の栓を抜き、とろりとした青い液体を、ぐいっと一気に飲み干した。

「なんだそれ？　マズそうだな……」

うげぇ、と一護が顔をしかめる。

「今飲んだのは、義骸の戦闘能力を一時的に高める薬だ。有効時間は短いが、そのぶん……効果は絶大だぞ」

ルキアは空《から》の小瓶を地面に置き、代わりに木刀を手にして、ゆらぁ、と立ち上がった。

「構えろ、一護……修業の成果を見せてくれ！」

顔を上げたルキアの瞳の色が、鮮やかな青に変わっている。

「待てよ！　俺今死神だぞ⁉　木刀じゃねぇんだぞ⁉」

戸惑う一護に向かって、ルキアが一直線に駆ける。

（速《はえ》ぇ……‼）

信じがたい速度で間合いを詰められ、振り下ろされた木刀を斬魄刀で受ける。ギィン、と金属同士がぶつかるような音と共に、火花が上がった。

「なっ⁉　それ木刀だろ⁉」

「霊圧をまとった木刀は、鉄よりも固い！」

ルキアは空中で木刀を逆手《さかて》に持ち替え、一護の胴を薙《な》ぐ。即座に飛《と》び退《の》いてかわしたが、死覇装《しはくしょう》の胸が一文字に切り裂かれていた。

「ほぼ真剣じゃねぇかッ‼」

大刀を両手で握り、反撃に転じる。

「おらぁぁあ‼」

ルキアは、一護がまっすぐに突き出した切っ先を地に伏せてかわし、そのまま足首をつかんで引き倒した。

「ぐは……っ!!」

仰向けになった一護の腹を踏みつけ、木刀を左手に持ち替えた。右手の人差し指と中指を伸ばし、一護の顔に向ける。

(この動き……!! やべぇッ!!)

体をねじり、どうにか踏みつけている足からは逃れたが、ルキアの指先は依然として一護を捉えていた。

「破道《はどう》の四……」

その指先に、白い光が収束する。

「白雷《びゃくらい》っ!!」

一護目がけて、一筋の稲妻が走った。

(避《よ》けられねぇ……!!)

斬魄刀を盾《たて》にして身構える。

閃光が刀身に触れた瞬間、凄《すさ》まじい衝撃に襲われ、体ごと吹っ飛んだ。

「かはっ!!」

背中から石畳に叩きつけられ、一瞬、呼吸が止まる。

「貴様……この程度の力でグランドフィッシャーに挑むつもりだったのか……? 笑わせる

ち上がる。

ルキアに脇腹を蹴り上げられ、一護は石畳を転がった。刀を杖代わりに、咳《せ》き込《こ》みながら立ち上がる。

「精神を研ぎ澄ませ!!　私を殺すつもりで刀を握れ!!」

ルキアの言葉に鼓舞されるように、一護は両手で強く柄《つか》を握りしめた。

「でなければ……私が貴様を殺すぞ……!!」

殺意を孕《はら》んだ、ルキアの瞳。

青がより鮮やかになり、もはや発光しているように見える。

「どうなっても……知らねぇからな!!」

一護はルキアを見すえ、斬魄刀に意識を集中させた。

ふわり、と、前髪が持ち上がる。死覇装の裾《すそ》が揺れ、周囲の空気が震えだした。

大刀を振りかぶる。全身から溢れ出た霊圧が、刀身に集約されていく。

「はぁ――――ッ!!」

刃《やいば》が、振り下ろされた。

斬撃《ざんげき》が大気を切り裂く。

「ぐあぁあッ!!」

な!!」

いなそうとルキアが構えた木刀を折り飛ばし、その背後にあった空き瓶を粉砕した。

「……え……？」

呆然《ぼうぜん》としてルキアを見る。ルキアは、にっ、と口角を上げて笑った。

「やったな、一護！」

瞳の青が徐々に薄れ、本来の墨色へ戻っていく。

「……俺、やった？　やったよな⁉　これ五メートル以上あるよな⁉」

その問いに、ルキアは、「ああ！」と力強くうなずいた。

「おっしゃぁ――――っ‼」

暮れゆく空に両の拳《こぶし》を突き上げ、一護は歓喜の雄叫《おたけ》びを上げる。ルキアは目を細め、達成感に満ちたその横顔を、頼もしく見つめた。


黒崎家。

「それではこれより、明日のお墓参りについての家族会議を始めます！」

夕飯後、こほん、と咳払《せきばら》いをして一心《いっしん》が立ち上がった。

「ていうかぶっちゃけ議長は父さんなので、すべての決定権は父さんにあります！」

三人の子どもたちを見回し、ビシッと両手の親指で自分を指す。

「何だよそれ！　そんなの会議じゃねーよ！」

食卓を叩き、夏梨《かりん》が立ち上がった。それをスルーして、一心は会議を進行する。

「遊子はお花！　夏梨はお供え物！　一護は弁当を運ぶこと！」

一人ずつ指を差し、役割を任命していく。

「勝手に決めんな！」

独裁に憤る夏梨を、まぁまぁ、となだめて、遊子がピシッと手を挙げた。

「はいっ！　お菓子も持っていきたいです！」

「遊子議員の提案、許可します！」

「やったぁ！」

遊子は弾けるような笑顔で、小さく拍手をした。

「父さんはビールを運びます！」

「自分のモンじゃねーか！」

「ていうか父さん、明日に合わせて髪切ったんだけど、どう？」

「変わんねーよッ‼」

「お父さんだけずるーい！　あたしも切りにいきたかったー！」

一心と妹たちがわいわいと話し合うさまを、一護は穏やかな表情で眺めていた。

一方。

一護の部屋の押入れ内では、ルキアが階下で開催されている家族会議の模様に耳を傾けていた。柔らかい布団に横になり、壁や天井越しにぼんやりと聞こえてくる楽しげな声を聞いていると、なんとも言えない安らぎに包まれるのだった。

ルキアは、会議を終え部屋に戻ってきた一護に、「楽しそうだったな」と押入れの中から声をかけた。

「……何が？」

「何がって……さっきの家族会議だ」

引戸を開けて言う。一護は、机の上のカレンダーを見ていた。

「墓参りの相談とは思えぬ盛り上がりだったぞ？」

「まぁ……ピクニックみたいなもんだからな……おふくろの墓参りは」

顔を上げ、本棚のほうへ目を向ける。

「……命日なんだ、明日」

視線の先には、写真立てが飾ってあった。亡き母と幼い一護が写っている。

「そうか、母君の……」

「お前の家族は？　あっちの世界にいるんだろ？」

「……家族……か……」

つぶやいたルキアの瞳が、わずかに憂《うれ》いを帯びる。

「あの黒髪のやつ、兄貴なんだろ……？」

「血の繋がりはない。私は養子なのでな……」

「……そっか」

一護は部屋の電気を消し、ベッドに横になった。

「なぁ、ルキア」

天井を見つめたまま、呼びかける。引戸を閉めようとしていたルキアが、「どうした？」と手を止めた。

「お前さ、このままこっちの世界に……」

言いかけて、ルキアを見る。薄闇の中、ルキアもじっと一護を見つめていた。

切なげなその瞳が、〝それは叶《かな》わぬことだ〟と、告げている。

「……悪《わり》ぃ。忘れてくれ」

一護は寝返りを打ち、押入れに背を向けた。ルキアは、この短期間でずいぶんたくましくなったものだ、とその背中を見て思う。

「明日……気をつけろ」

最後に一度念を押し、ルキアはそっと引戸を閉めた。

明日の夜も、この少年が無事ここへ——家族の元へ、戻れるように。

そう強く願い、ルキアは眠りについた。

第七章

六月一七日。

空座《からくら》みどり霊園。

空座本町と北川瀬《きたかわせ》の境界上には、小高い丘がある。その丘の上に作られたこの霊園は、豊かな緑に囲まれ、墓所からの眺望も素晴らしいが、急勾配《こうばい》の坂道が多く、地元では〝疲れる（憑《つ》かれる）霊園〟としてその名を知られていた。

「ふわ――――！　やっぱりここの坂、キツイねぇ……！」

雲一つない青空の下、仏花を抱えた遊子《ゆず》が、額《ひたい》に汗をにじませながら坂道を登ってくる。

「ホントにね……」

ため息混じりに同意した夏梨《かりん》は、果物が入った紙袋を手に提げていた。

「がんばれ遊子！　がんばれ夏梨！　父さんは先に行ってるぞ――――!!」

登山用の大きなリュックを背負った一心《いっしん》が、わははは、と笑いながら二人を追い抜き、ぐんぐん坂を登っていく。

「お父さん、速いよ～！」

「一兄《イチニイ》、ジュース買ってきて～！　のどかわいて死にそー」

夏梨は手のひらで顔を扇ぎながら、最後尾を歩く一護《いちご》を振り返った。

「それさっき自販機の前通った時に言えよなぁ～」

一護はげんなりした顔で空を仰ぐ。自動販売機は、坂を登り始めてすぐの場所にあるのだ。

「荷物といっしょにそこのベンチで待ってるから～。あたし、なんか炭酸のやつ」

「あたしはオレンジジュースがいい！」

夏梨と遊子は、一護が両手に持っていた荷物を一つずつ持ち、道端の木陰に設置されたベンチに座った。

「ったくよォ……」

ブツブツと文句を言いながらも、妹たちのために小走りで道を引き返す。

「はぁ……六月だってのに暑いなぁ、今日は……」

同じ六月十七日なのに、という言葉は、口にしなかった。

暑さに袖《そで》をまくりながら坂を下りると、自販機の前でルキアが待っていた。

「で、どうだ？」

投入口に硬貨を入れながら訊く。

「気を抜くな……もういつ現れてもおかしくない」

ルキアは伝令神機《でんれいしんき》を見つめたまま険しい表情で答え、「私にはリンゴジュースを」と付け加えた。

「お前もかよっ!!　……っとに、なんで俺が……」

一護は不満を漏らしつつ、しぶしぶルキアにもジュースを買ってやった。

木陰で休む遊子と夏梨の間を、緑の匂いを含んだ風が吹き抜けていく。

「はぁ……風が涼しくて気持ちいいねぇ」

遊子は目を閉じ、大きく深呼吸をした。

「なんか眠くなってくるなぁ……」

夏梨はベンチから立ち上がり、両腕を上に伸ばした。軽くストレッチをしながら、周囲を見回す。

「……ん?」

木立の奥に、人影が見えた。

「あの子、何してんだろ?」

白い服を着た小さな女の子が、こちらに背を向けてしゃがみこんでいる。

「え?　どの子?」

遊子も立ち上がり、「ほら、あそこ」と夏梨が指した方向を見た。

「誰もいないよ……？」

不思議そうに首をかしげる。夏梨は、なるほどね、と小さく息を吐いた。

（遊子に見えてないってことは、あの子幽霊か……）

一護ほどではないものの、夏梨にも高い霊感があり、霊の姿を見たり、声を聞いたりできるのだった。

「あたしちょっと見てくるわ」

「あっ、夏梨ちゃん！　待って！」

あとを追い、遊子も木立の中へ入っていく。途中で追いつき、夏梨の手を握った。

「幽霊……だよね？」

「うん。ベンチで待っててていいのに」

「一人で待ってるほうが嫌《いや》だもん……」

遊子は、先を行く夏梨の背中を見つめ、つないだ手にぎゅっと力を込めた。「はいはい」と苦笑し、夏梨は少女のほうへ近づいていく。

「ねぇ、ここで何してんの？」

つややかなおかっぱ頭の女の子に、声をかけた。

「何か思い残したことあんならさァ、坂の下に住職さん住んでるから、そこ行きな？」

「……あなた、わたしが見えるのね……」

少女は背を向けたまま、ゆっくりと立ち上がった。

「そ。あたし見えるヒトだから」

「……声も聞こえるのね……」

「まぁね」

「ステキね……とても……」

少女が振り返る。

見開かれた瞳が、金色に輝いた。

「とても……うまそうだ!!」

少女の背後に、巨大な何かが、じわりと浮かび上がった。

骸骨を思わせる白い仮面と、胸に空《あ》いた、大きな孔《あな》。狒々《ひひ》に似たその体は、触手のようにうねうねと動く苔色《こけいろ》の毛束に覆われている。

「なに…それ……!?」

遊子の手を強く握り、夏梨は思わず後ずさった。

「夏梨ちゃん？ どうしたの？」

状況がまったくわからない遊子は、不安げに辺りを見回している。

「そっちの餓鬼《がき》は何も見えておらんようだが……まぁ、ものはついでだ……」

少女は軽く笑みを浮かべ、言葉を続ける。

「二人仲良く……喰ろうてやろう!!」

苔色の触手が、幼い二人に殺到した。


「きゃあああああっ!!」

遊子の悲鳴が、木立の間をこだまする。


「遊子!?」

一護は抱えていたジュースを捨て、声のした方へ駆けだした。

「現れた！　奴だ！」

木陰から飛び出してきたルキアも並走する。

木立を抜けた先で、巨大な毛の塊《かたまり》が、不気味に蠢《うごめ》いていた。

「此奴《こやつ》が……グランドフィッシャー……！」

ルキアが呆然《ぼうぜん》とつぶやく。その声に反応し、触手に埋もれていた少女が、二人の前に姿を表した。

「ほう……！」

一護を目にした少女が、にたぁ、と笑う。

その顔が、あの雨の日に見た少女と、重なった。

「やっぱりお前か……！」

「一護、上だ！」

ルキアが頭上を指す。宙空に伸ばされたグランドフィッシャーの触手の先に、遊子と夏梨が囚われていた。背中合わせで一括《ひとくく》りにされた二人は、意識を失い、ぐったりとしている。

「……ルキア‼」

「ああ！」

一護が振り向くと同時に、ルキアは捂魂手甲《ごこんてっこう》をはめた手で一護を死神化させた。

「おらぁああッ‼」

一護は叫んで跳び、二人を絡め取っている触手の根本を断った。ばらけた触手と共に落下してきた二人を、ルキアが受け止める。

「ルキア！　こっちはいいから、遊子と夏梨をどっか安全なとこまで連れてってやってくれ！」

「しかし……！」

「頼む！　……これは、俺の戦いだ」

斬魄刀《ざんぱくとう》を手にグランドフィッシャーと対峙する一護は、覚悟を決めた戦士の顔をしていた。

「……死ぬなよ、一護！」

ルキアは二人を両脇に抱え、木立の奥へ走り去った。

「……簡単に娘らを取り戻せたと過信するなよ、小僧。わしの動きが鈍らんように、いったん返してやったのよ。あの子らは……お前を喰ろうたあとで、ゆっくりと頂くとするかの……」

言い終えた少女の頭が、中央から真っ二つに裂けていく。表皮がずるりと剝がれ落ち、人の頭骨に似た擬似餌の本体があらわになった。その頭頂からしゅるりと触手が伸び、グランドフィッシャーの頸部に空いた穴に戻っていく。

一瞬にして、少女の姿は跡形もなくなった。

「六年前……てめぇがおふくろを殺したのか⁉」

一護は、チョウチンアンコウの誘引突起のようにグランドフィッシャーの首から伸びた擬似餌を見つめ、ぎり、と奥歯を嚙み締めた。

触手の先で揺れている、少女だったもの。

あの雨の日、自分がこの罠にかからなければ、母が死ぬことはなかっただろう。

「六年前……か。そんな昔のことは憶えておらんが……成程……お前はわしを見たことがあるのだな……」

グランドフィッシャーは、ひひっ、と喉《のど》の奥で笑う。

「強い魄動《はくどう》を追ってようやっと探り当てた獲物が、過去に仕留めそこねた小童《こわっぱ》だったとはの……わしとお前には、余程《よほど》の因縁があるとみえる……」

仮面の奥の目が、愉《たの》しげに歪《ゆが》んだ。

「だが、この姿を見せた以上……お前の魂、喰らわずに帰すわけにはいかん」

「……それは…こっちのセリフだ……」

一護が低くつぶやく。

柄を握る手が、込められた力の強さに震えている。

「俺と会った以上……生きて帰れると思うなよ!!」

地面を蹴り、弾丸のようにグランドフィッシャーに向かっていった。

「言うね、餓鬼！」

グランドフィッシャーは小刻みに跳躍し、触手状の毛束で四方八方から攻撃してくる。木の幹を蹴り、空中で何度も方向を変えながら、一護は迫りくる毛束を斬り落とした。

激しい攻防の末、二人は木立を抜け、墓所へ出た。視界が拓《ひら》け、眼下には空座町の町並みが広がっている。

　グランドフィッシャーは毛束を操り、一護に向かって同時にいくつもの墓石を投げつけた。墓碑を斬りつけることをためらったその一瞬に、背後を取られる。

「のろいぞ、小僧」

　撃ち出された触手をのけぞってかわす。

「く……ッ！」

　額をかすり、鮮血が散った。

「ひひっ！　どうした小僧！　そうして逃げておるだけでは、このわしを傷つけることなぞできんぞ！」

　グランドフィッシャーは、墓石を盾に逃げ回る一護を嘲笑する。

（くそ……！　でかい図体してるくせに、なんつー速さだよ……！）

　間合いを詰めることすらできず、攻撃を払いのけるだけで手一杯だった。

（このままじゃ……こっちの体力が尽きたらおしまいじゃねえか……！）

　息が上がり、自然とそう考えてしまった自分に、一護は愕然《がくぜん》とする。

（……違う！　何考えてんだ俺は!!　こいつはおふくろを殺したヤツだぞ!!）

　母を亡くし、遊子がどれだけ悲しい思いをしたか、夏梨がどれだけさみしい思いをしたか、知れない。

(護《まも》るって決めたんだ！　今がその時じゃねえか！)

不甲斐《ふがい》ない己を叱咤《しった》するように、一護は額の血を乱暴にぬぐった。

(俺がこいつを……倒すんだよ!!)

押し寄せる触手をすれすれでかいくぐり、一直線に懐《ふところ》に飛び込む。

「ひひ……迂闊《うかつ》だな、小僧！」

毛束の合間からグランドフィッシャーの左手が突き出され、鋭利なその爪が一護の右肩を深くえぐった。

「ぐあッ!!」

とっさに刀を左手に持ち替え、間近で笑う白い仮面の額を狙う。

「短慮、短慮よなぁ！」

グランドフィッシャーはすばやく身を引き、撚《よ》り合《あ》わせた毛束で斬魄刀を弾き上げた。

「ふっざけんな!!　倒すんだよ!!　腕が千切れようが足が飛ぼうが……！　俺はてめぇを、絶対に!!」

肩の痛みに顔をしかめ、一護が叫ぶ。

「お前は若い……若いがゆえにたやすく怒り、怒るがゆえに心を乱す……」

グランドフィッシャーは、その巨大な右手で擬似餌を握り込んだ。ぐちぐちと濡れた音を立て、手の中で擬似餌が徐々に人の姿に変わっていく。

「そして……心乱すがゆえに、刃《やいば》は鈍る」

ゆっくりと指が開かれ、新たな擬似餌が姿を現した。

一護が絶句し、目を見開く。

黒崎《くろさき》真咲《まさき》——あの日亡くした母の姿が、そこにあった。

「ひひっ、驚いておるな……六年前のことなど憶えておらんと言ったわしが、何故《なぜ》こうしてお前の母の姿を作ることができたのか……それが不思議でしょうがない、そういう顔をしておるなぁ……！」

グランドフィッシャーが、得意げに左手を掲げる。

「覗いたのだ、この爪で！　お前の記憶を!!」

爪の先には、真新しい一護の血液が付着していた。

「左手で記憶を覗き、そいつが最も斬れぬものを探し……右手でそれと同じものを作り上げる……。どんな冷徹な死神にも、決して斬ることのできぬ相手が一人はいる。それを探し出すことで、わしはこれまで死神共を退《しりぞ》けてきた……そして、お前にとってその相手とは、こいつである筈《はず》なのだ！」

首と擬似餌をつなぐ触手が伸び、真咲の体が一護の真正面に降り立つ。

「そうでしょう……？　一護……！」

穏やかなほほえみ。

紛れもない、母の声。

一護は切っ先を下げたまま、じっと真咲の顔を見つめていた。

「どうした、小僧！」

からかうように、擬似餌をゆらゆらと揺らす。

「名を呼ばれただけでもう身動きがとれんか！　ひひひひっ！」

愉悦に浸るグランドフィッシャーの目前で、白刃《はくじん》が閃《ひらめ》いた。

真咲の姿を写した擬似餌が、ドサッと地に落ちる。

「ひ…ひひ………あ……？」

擬似餌と自分をつなぐ触手が、切断されていた。

「おふくろの姿を……こんな場所にかつぎ出すんじゃねぇよッ!!」

一護は斬魄刀を振り、触手切断時の血を落とす。怒りに燃える瞳でグランドフィッシャーをにらみつけた。

寄《よ》る辺《べ》を失った擬似餌は、さらさらと風化していく。

「おのれ小僧ぉおおおおおお――――!!」

グランドフィッシャーが絶叫した。

毛束が縦横無尽に伸び、手当たり次第に周囲の墓石を薙《な》ぎ倒《たお》す。

「虫けらの分際でわしの体に傷をつけよって!!　許さんぞぉぉおおお!!」

触手はグランドフィッシャーを中心に渦を巻き始め、竜巻のような風をまとい、木々を薙ぎ倒しながら丘の斜面を滑り降りていく。

「よせっ!!　そっちに行くんじゃねぇ!!」

町中へ向かうグランドフィッシャーを追って、一護も墓所を飛び出した。


遊子と夏梨を坂の下の寺に運んだルキアは、苔色の竜巻が町へ向かうのを見て唇を噛んだ。

(市街地で虚《ホロウ》と戦えば、周囲の人間も無事では済まんぞ……!?)

追って駆けだそうとしたルキアは、坂を降りてくる足音に気づき、振り向いた。

「ゆずぅ――――!　かり――――ん!　どこだ――――!?」

名前を呼びながら、一心がこちらに近づいてくる。

「しばらく寝ていろ!」

ルキアは人差し指と中指を伸ばし、霊圧を飛ばして一心の意識を奪った。ばったりと倒れた体を引きずり、寺の敷地内へ運び込む。妹二人と並べて寝かせ、ルキアは町中へ飛び出した。

グランドフィッシャーの霊圧を頼りに全速力で走っていると、次第に戦いの現場から逃げてきた人々とすれ違うようになった。

「駅前に竜巻が」

「店のガラスが全部割れて」

「車が巻き上げられてた」

皆が口にする断片的な情報から察するに、空座本町駅の周辺は大変なことになっているようだ。

（一護……無事でいてくれ……！）

逃げ惑う人の流れに逆らうようにして、ルキアは先を急いだ。


空座本町駅前。

暴風をまとったグランドフィッシャーは、霊園の斜面を下り、町を破壊しながら進んだ。一護は手当たり次第に投げつけられるコンクリートブロックや屋根瓦をかわし、通りかかった人々の上に落下していく瓦礫《がれき》を斬り砕く。駅前に近づくにつれ、守るべき人が増え、一護の負担も増していった。

「ひひひっ‼　お前の体力がいつまで保《も》つか、見ものよの‼」

突如襲来した脅威に、人々はてんでバラバラの方向へ逃げ惑う。そのすべてを救うのは不可能に近かった。

「ほれほれぇ‼　お前のせいで無辜《むこ》の民《たみ》が死ぬぞ‼」

グランドフィッシャーは触手を無茶苦茶に振り回し、商店街を駆け抜ける。アーケードの屋根が吹き飛び、通りに面したガラスが割れ落ちる。店頭に出されたワゴンは次々とはね上げられ、様々な商品が路上に散らばった。一護は、それを呆然と見上げている店主を抱え、店の中に押し込む。

一瞬遅れて、彼が立っていた場所にスチール製のワゴンが落下した。

「ちっくしょ……‼　てめぇ汚ぇぞ‼」

腕で顔の汗をぬぐい、店を飛び出す。死神化した一護の姿は見えないため、店主は何が起きたのかわからず、ぽかんと口を開いたまま硬直していた。

「青いの、小僧‼　戦いに綺麗も汚いもないわ‼　ひひひひっ‼」

アーケードを抜け、駅前のロータリーに到ったグランドフィッシャーは、広場の中央に陣取り、更に触手の回転速度を上げた。

暴風が吹き荒れ、街路樹が、看板が、逃げ遅れた人や車が、巻き上げられる。

「やめろぉおお――――!!」

風の中、泣き叫ぶ人々を救う。

そこを狙い、勢いを増した触手がムチのように一護の体を打つ。みし、と肋骨《ろっこつ》が軋《きし》む音が聞こえた。

「ぐあぁっ!!」

そのまま路面に叩きつけられる。

「一護――っ!!」

斬魄刀を杖代わりに立ち上がったところへ、ルキアが駆け寄ってきた。

「へへ……いいところに来たな、ルキア」

一護は肋骨を押さえながら、無理に笑顔を見せる。

「貴様、ボロボロではないか……!」

「お前は逃げ遅れたヤツらに手ぇ貸してやってくれ。あいつは……俺が倒す!!」

「待て、一護っ!!」

ルキアの制止を聞かず、一護はグランドフィッシャーに向かって跳躍した。巻き上げられた車を足場に、更に上へ跳ぶ。

「この戦いだけは……絶対負けられねぇ――――ッ!!」

竜巻の中心部、白い仮面の額目がけて、刀を振り下ろす。

「迂闊だと言ったはずだ、小僧!!」

仮面の頬《ほお》に空いた穴から細い触手が伸び、刀身に巻きついた。

「死ねぇ!!」

がら空きになった一護の胸に、グランドフィッシャーの鋭い爪が迫る。

刹那。

グランドフィッシャーの手のひらから甲へ、光の矢が突き抜けた。

「ウきゃあぁァアあ!!」

手の両側から血が吹き出し、グランドフィッシャーがのけぞる。刀を捕らえていた触手が緩んだ隙に、一護は渦巻く毛束をかいくぐり、着地した。

「お前……!」

矢が放たれた方向に目をやると、光の長弓《ちょうきゅう》を手にした石田雨竜《いしだうりゅう》が、次の矢をつがえてグランドフィッシャーを見すえていた。

「前を見ろ、黒崎!」

「言われなくても……」

一護は振り向きざまに、触手が投げつけてきたタクシーをかわす。

「わかってるっての!!」

そのまま地を這うように駆けだした。雨竜は回転する毛束の根本を狙い撃ち、その数を減らしていく。

「おのれぇえええ!! 羽虫どもがちょこまかとぉおおおおお!!」

グランドフィッシャーは激憤し、触手を絡ませ、無人の路線バスを持ち上げた。一護を圧殺しようと、何度も激しく地面に叩きつける。

人命救助を優先していたルキアは、一護が攻めあぐねているのを見て、次の矢をつがえようとしている雨竜に向かって叫んだ。

「奴の額を狙え!!」

風にかき消されたかに思えたその声は、確かに雨竜の耳に届いていた。目一杯引き絞られた弓が、放たれる。

針に糸を通すように、猛撃の隙間を縫い、光の矢が飛んでいく。

寸前で気づいたグランドフィッシャーが、かろうじて顔を動かす。矢はわずかに額から逸れ、その眼球に深々と突き刺さった。

「ギゃあぁァァアぁああアアあ!!」

グランドフィッシャーは絶叫し、怒りに任せてバスを引き裂いた。バチバチッ、と火花が上がり、ガソリンに引火して大爆発が起きる。

大小様々な破片が、宙を舞った。

グランドフィッシャーの頭上へ、車体を覆っていた金属板が落ちてくる。


その金属板の、裏側。

身を隠していた一護が、両手で構えた斬魄刀を、振り上げた。

「ひっ………」

グランドフィッシャーが目を見開く。

だが——もう、遅かった。


「おらぁぁあああああ!!」

霊圧をまとった刃が、仮面を斬り裂く。

「ひギィやあアァぁあアああぁァア!!」

裂け目から溢れ出た白い光が、瞬く間《またたくま》にグランドフィッシャーの全身を覆い尽くし、巨大な体が爆散した。

一片も残さず、光の塵《ちり》になって消えていく。

「……勝……った……！」

瓦礫だらけの広場の中央で、一護は安堵の息を吐き、がく、と膝《ひざ》をついた。

「一護っ!!」

ルキアが駆け寄り、肩を支える。

「俺、勝ったぜ……」

「ああ！　よくぞこの短期間で……！　……強くなったな、一護」

「言っただろ……俺が倒す、って……信じてなかったのかよ……？」

ムッとしたように眉根を寄せた一護を見て、ルキアは、「そうだったな」と小さく笑った。

「……助かったぜ」

一護は、ルキアの背後にあるひしゃげた車を見上げて言った。

逆光の中、そこに立っていた雨竜が、憮然《ぶぜん》とした顔で眼鏡《めがね》を押し上げる。

「君を助けたわけじゃない。被害を食い止めようとしただけさ」

「へへっ……そーかよ」

一護が笑うと、雨竜もフッと目元を和《やわ》らげた。

その雨竜の腹から、

音もなく、刀の切っ先が突き出した。

「……え……？」

雨竜の瞳には、痛みよりも驚きの色が浮かんでいる。

刀が引き抜かれ、体がゆっくりと前に倒れた。

「石田ッ!!」

一歩踏み出した一護を、ルキアが制す。

倒れた雨竜の背後から現れたのは、阿散井恋次《あばらいれんじ》だった。

「まさかホントにグランドフィッシャーを倒すとはなァ！　ちょっと見直したぜェ？」

恋次は斬魄刀に付いた血を雨竜の背中でぬぐい、その体を車の屋根から蹴り落とした。二人の足元に落ちてきた雨竜の腹から、とめどなく鮮血が流れ出る。

「何故斬ったのだ、恋次!?」

ルキアは雨竜のかたわらに膝をつき、腹の傷に両手をかざした。手のひらが、ぼうっと白く光り、徐々に出血量が減っていく。

「治すんじゃねーよ、ルキア！　そいつは滅却師《クインシー》だぞ？　のちのち邪魔になるに決まってんだから、さっさと殺しちまったほうがいいだろうが」

「てめぇ……!!」

二人を背にかばうようにして、一護は恋次と対峙した。一触即発の空気に身をこわばらせていたルキアは、突如背後から気配を感じ、弾かれたように振り向く。

「……ルキア」

その場に似合わぬ静けさをまとい、朽木白哉《くちきびやくや》が自分を見下ろしていた。

「兄様《にいさま》……！」

「……これが最後だ。その子供を殺せ」

冷たく言い放つ白哉の足元にひざまずき、ルキアは深く頭《こうべ》を垂れた。

「グランドフィッシャーを倒したことで、此奴の霊圧は十二分に高まっております！　今なら、殺さずとも力を取り戻すことが……！」

顔を上げる。白哉の凍《い》てつくような眼差《まなざ》しに射抜かれ、ルキアはそれ以上言葉を発することができなくなった。

「やはり……情が根を張っているか」

黙したルキアから視線を外し、白哉は恋次を見た。

「二人とも、殺せ」

何の感慨も見せず、命ずる。

「お待ち下さい、兄様っ！」

去っていく白哉の背中に手を伸ばす。恋次は車の屋根から跳び、その視界を遮るように、ルキアの前に降り立った。

「……悪《わり》ィな。終わりだ、ルキア」

言って、斬魄刀を構える。

「恋次……！」

ルキアは身を低くし、臨戦態勢をとった。

その二人の間に、一護が割って入る。

「何をしている……!?　滅却師《クインシー》を連れて早く逃げろ!!　殺されるぞ!?」

ルキアは焦燥に駆られ、一護の袖を引いた。しかし、一護は前を見すえたまま、その手を振りほどく。

「ルキアは殺させねぇ……!!　俺が護る!!」

傷だらけの体で、恋次に切っ先を向ける。

「その目、気に入らねぇなァ……グランドフィッシャーを倒したくらいで、雑魚《ざこ》がオレに勝つ気でいやがる……」

恋次は首を傾け、不愉快そうに片眉を吊り上げた。

「……死神ナメんなよッ!!」

一蹴りで一護に肉薄し、斬り上げる。一護は、刀身を沿わせるようにして斬撃を上に逸らした。ギギギギ、と金属同士が擦《こす》れ、火花が舞い散る。

「だいたい、なんだそのデケェ斬魄刀は！　霊気を御しきれてねぇのが丸見えじゃねーか！」

恋次は、息つく間もなく刀を打ちつけてくる。一護は手負いの体で、それをかろうじてかわし続けた。

「おいテメェ！　その斬魄刀、なんて名だ⁉」

「名前⁉　ねえよそんなもん！　つーか刀に名前なんかつけてんのかてめぇは⁉」

「……やっぱりな」

恋次の猛攻が、止《や》んだ。

「なんだ……？」

一護は肩で息をしながら、恋次の挙動に注視する。

「斬魄刀に名も訊けねぇようなガキが、このオレと対等に戦おうなんて……二千年早ぇよ‼」

恋次はカッと目を見開き、斬魄刀に添えた手を、鍔《つば》から切っ先に向けて滑らせた。

「咆《ほ》えろ‼　蛇尾丸《ざびまる》‼」

その声に喚《よ》び起《お》こされるように、刀身が七つの刃節《じんせつ》に分かれ、まったく別の刀へと変貌する。

ただでさえ高い恋次の霊圧が、更にはね上がった。

「これが蛇尾丸の真の姿だ!!」

叫んで跳躍し、蛇尾丸を振りかぶる。一護はそれを受け止めようと、刀を横にして衝撃に備えた。

「終わりだ糞ガキ!!　テメェはこの阿散井恋次に敗《ま》けて、ここで死ぬ!!」

恋次が腕を振り下ろす。

つながっていた蛇尾丸の刃節が伸び、ムチのようにしなった。

「ぐ…ぁ……っ！」

防ぎきれなかった刃節が、一護の左肩に喰い込む。肉をえぐり取りながら収縮し、恋次の手元へ戻っていった。

一護は前のめりに倒れ、それきり動かなくなる。

「……これが〝力の差〟ってやつだ」

恋次は蛇尾丸を振り、刀身に絡みついた血肉を落とした。

「一護っ!!」

駆け寄ろうとしたルキアの腕を、恋次が摑《つか》む。

「放せ恋次!!　あのままでは死んでしまう……!!」

「聞けよ!!　今からでも遅くねぇ……隊長に許しを請《こ》え！　そうすりゃ……」

恋次は言葉を切り、ぎょっとして一護を見た。

「な…何だ……⁉　この霊圧の上がり方……！」

一護を中心に、路面が、ちりちりとわずかに揺れている。

血溜まりの中、体重を感じさせない動きで、一護が立ち上がった。

体から噴き上がる霊圧で、死覇装《しはくしょう》が揺れている。

「なんでだかよくわかんねーけど……いい気分だ……傷の痛みも無《ね》ぇ」

左肩に手をやる。あれ程の傷だったにもかかわらず、既に血は止まっていた。

「てめぇに負ける気も、全然しねぇ‼」

一護は、とん、と地面を蹴った。

「な……っ⁉」

その速さに驚愕した恋次は、次の瞬間、左腕を斬られていた。

「テメェ……！」

背後に回った一護を振り返る。

と、大刀の切っ先が、目前に迫っていた。

「く……っ！」

とっさに蛇尾丸で防ぐも、尋常ではない力で弾き飛ばされ、深々と額を斬り裂かれる。

血が噴き出し、視界が赤く濁った。

（何だこいつのこの霊圧は……!?　さっきまで死にかけてた奴のどっからこんな力が湧いてやがる……!?）

『何かきっかけでもあれば、とんでもない化け方しそうなんスけどね……彼』

ルキアの脳裏に、あの石段で見た浦原《うらはら》の顔がよぎる。

（……あの日一護は、私の霊圧に呼応するようにして霊圧のコントロールを体得した……。グランドフィッシャーとの戦いにおいてもそうだ。相手の霊圧が上がれば上がる程、一護の霊圧も上がっていった……）

雨竜の助力があったとはいえ、本来グランドフィッシャーは、今の一護が勝てるレベルの虚《ホロウ》ではなかった。

（恋次が斬魄刀を解放したことで、彼奴《あやつ》の霊圧は一気に跳ね上がった……その高い霊圧に共鳴して、一護の中に眠っていた力が、更に呼び起こされたのではないのか……!?）

視線の先にいる一護は、上位の死神である恋次の霊圧を圧倒している。

底知れぬ力を感じ、ルキアはわずかに体を震わせた。

「終わりにしようぜ……！　俺が勝って、終わりだ‼」

斬魄刀を高く掲げた一護の前に、ふわり、と白銀の首巻きをなびかせ、白哉《びゃくや》が歩み出る。

「隊長……！　オレ一人でもやれます！」

額の傷を押さえながら、恋次がその背に言う。

「そう言うな……私とて、いつも見物してばかりでは腕が錆《さ》びる」

白哉は一護をまっすぐに見、ゆるやかな動きで、腰の斬魄刀に手をかけた。

「なんだよ、お前が相手なのか？　いいぜ、やってやる……」

白哉が、
真横を通り過ぎる。


一護の胸の中心から、真っ赤な血が噴き上がった。


（……なんだよ…これ……）

一護は、ただの一度も、まばたきをしなかった。

それなのに、何も見えなかったのだ。

（やられたのか……？　俺……）

時が飛んだのでは、と思うほど、我が身に起きたことが理解できない。

(前から刺されたのか、後ろから刺されたのかも……わからねぇ……)

体が傾く。

地面が、近づいてくる。

「鈍《のろ》いな……倒れることさえも」

白哉は刀を納め、恐ろしいほど冷めた瞳で、地に伏した一護を一瞥《いちべつ》した。

「一護――――っ!!」

ルキアが叫ぶ。

「よせッ!!」

一護の元へ駆けだした小さな体は、再び恋次に捕らえられた。

「よく見ろ!!　あのガキは死んだ!!　……わかってんのか!?　今テメェがあいつに触れるだけで、テメェの罪が二十年分は重くなるんだぞ!?」

恋次はその細い肩をつかみ、言い聞かせるように力を込めた。

「それが何だ!!　一護は…私が巻き込んだ……!　私の所為《せい》で死んだのだ!!　私の所為で死んだ者の傍《そば》に、私が駆け寄って何が悪い!!」

ルキアは身をよじり、一護を見つめた。血溜まりが急速に広がっていく。

命が、流れ出ていく。

白哉は草履《ぞうり》が血で穢《けが》れることを嫌い、一護のもとを離れようとした。

その時。

「……待……てよ……」

真っ赤に濡れた一護の右手が、白哉の裾を、摑んだ。

「……勝負はまだ……終わってねえ…ぞ……！」

激痛に顔を歪めながら、白哉をにらむ。

呼吸するたび、ひゅうひゅうと肺から異音が鳴った。

「……そうか」

白哉の表情は、能面のように変化がない。

しかし、その瞳には、心中の嫌悪がありありと浮かんでいた。

「余程その腕、要らぬと見える」

白哉が目を細め、斬魄刀に手を伸ばす。

ルキアは恋次の腕を逃れ、一護に駆け寄った。

「無礼者っ!!」

裾を摑んだ一護の手を、思い切り蹴り上げる。

「人間の分際で、兄様の裾を掴むとは何事か！　身の程を知れ、小僧！」

驚く一護を見下ろし、ルキアは吐き捨てるように言った。

「なに……言ってんだ……ルキア……!?」

「参りましょう、兄様。今の此奴の行動で、この朽木ルキア、ようやく目が覚めました。どうぞ私を尸魂界《ソウル・ソサエティ》へとお連れ下さい。慎んで我が身の罪を償いましょう」

ルキアは白哉と正対し、恭《うやうや》しく頭を垂れる。

「……待てよ…ルキア……！　こっち…見ろ……おい……！」

一護は体を起こそうと、地面に手をついた。

「動くな!!　……そこを一歩でも動いてみろ……！」

ルキアは拳《こぶし》を握りしめ、わずかに一護を振り返った。

「私は貴様を、絶対に許さぬ……！」

大きな黒い瞳が、涙を湛《こら》えて揺らめいている。

そこには、悲壮な覚悟があった。

「……よかろう。ならば、力を」

「はい」

「…な……！」

白哉の許しを得て、ルキアは一護の前に膝をついた。

「……死神の力、返してもらうぞ」

血溜まりの中から斬魄刀を拾い上げ、一護の右手に握らせる。

「……貴様が望んだとおり、元の暮らしに戻してやる」

切っ先を胸の中心にあてがい、静かな瞳で一護を見つめた。

「貴様はすべての記憶を失うだろう……私にまつわる記憶の、すべてを」

「……ルキ…ア……」

刀がルキアをつらぬき、まばゆい光があたりを包む。

光が収まると、そこに、死神に戻ったルキアの姿があった。

「……さらばだ、一護」

最後に一度、一護と視線を交わす。

〝生きてくれ〟と、
言われた気がした。

ルキアは背を向け、白哉のもとへ歩いていく。

「解錠！」

恋次が蛇尾丸を中空に掲げ、九十度ひねった。刀身に巻き込まれるようにして空間が歪み、現世と尸魂界《ソウル・ソサエティ》をつなぐ門が出現する。
振り向くことなく、三人は彼《か》の地へ去っていった。

残された一護の頬を、ぽつ、と水滴が叩く。
雨が、降りだした。
（……俺はまた、護られた……！）
母に。
ルキアに。
——護ると誓ったはずの、二人に。
「あぁぁあああぁぁあ!!」
己の無力を呪い、一護は慟哭《どうこく》した。
雨が激しさを増し、徐々に視界が霞《かす》んでいく。

一護の意識も、記憶と共に、白く消えていった。

第八章

黒崎《くろさき》家。

スマートフォンのアラームを止め、一護《いちご》がむくりと起き上がった。ベッドの上で伸びをして、大きなあくびをする。

「ふわぁ～あ。すげぇ寝たのに、なんか疲れたな……」

昨夜は二十一時にベッドに入ったはずだった。なぜそんなに早い時刻に眠ったのかは、よく思い出せない。

制服に着替えて食卓へ下りると、いつものように妹たちが朝食の準備をしていた。

「おはよー、一兄《イチニイ》」

「おはよ、お兄ちゃん！　目玉焼き、二個でいい？」

夏梨《かりん》が焼き上がったトーストを各自の皿に配り、遊子《ゆず》がその上に目玉焼きを乗せていく。

「おはよう。一個でいいや」

「はーい」

席に着くと同時に、姉妹の見事な連携で目玉焼き乗せトーストが完成した。

キッチンから戻った一心《いっしん》が、食卓の中央に山盛りのポテトサラダを置いて、自分の席に座った。

「それでは！　みんなそろって、いただきますッ!!」

いただきます、と復唱する子どもたちを見て、一心は満足気にうなずいた。

「……どうしたの？　ぼーっとして」

トーストに手を添えたままなかなか食べ始めない一護を見て、遊子が首をかしげる。

「なんか……夢、見たんだ……。内容全然覚えてねぇけど……むちゃくちゃ長い夢……」

長い夢であれば、一場面くらいは覚えていそうなものだが、今回に限っては一切思い出せなかった。

「あたしはねー、毛がふわふわのおっきいわんちゃんに乗ってお花畑に行く夢を見たよ！」

「父さんは、ハリウッドスターになってアカデミー賞を獲《と》る夢を見たぞ！」

「……いい大人が夢の話で張り合ってんじゃねーよ」

呆《あき》れ顔《がお》の夏梨に、「そういう夏梨はどんな夢見たんだ～？」と一心が尋ねる。

「そんなのいちいち覚えてないっての！」

「夏梨ちゃんは、おうちでたくさん猫ちゃんを飼ってる夢をよく見るんだよね？」

「ちょっ、遊子っ！　言うなって！」

「ほぉ～ん、猫ちゃんをねぇ～？　かわゆい夢ですなぁ～？」

「黙って食えヒゲダルマ!!」

机の下で、夏梨が一心のすねを蹴り上げる。

「ひぎゃ――――ッ!!　母さぁ――――ん!!　夏梨が蹴ったよォ～～～!!」

すねを押さえて涙ぐんだ一心が、特大サイズの妻の遺影に訴えかける。

黒崎家の日常が、そこにあった。

（なんか……こういうの、久しぶりな気がするな……）

小さく笑って、一護はトーストを口に運んだ。


空座《からくら》第一高等学校。

教室に入った一護は、「よーっす、一護！」と手を上げた啓吾《けいご》に、軽くうなずいてみせた。

「おーす、一護」

「おはようっ、黒崎くん！」

会話していたたつきと織姫《おりひめ》も振り向く。

「おう、おはよう」

　答えた一護を見て、二人は目をぱちくりさせた。

「……あれ？　黒崎くん、なんだか……」

「ちょっと雰囲気変わった……？」

　具体的にどこがというわけではなかったが、二人には、一護が急激に大人びたように感じられたのだった。

「はァ？　別に何もねーよ。気のせいだろ？」

　妙なことを言いだした二人に首をひねりつつ、一護は自分の席に向かう。雨竜《うりゅう》の隣を通り過ぎようとして、ふと立ち止まった。

「……僕に何か？」

　視線を感じた雨竜が顔を上げ、怪訝《けげん》な表情で言う。

「いや……なんでもねぇ」

　なぜ足を止めたのか自分でもわからず、一護は小さく首を振って席に着いた。カバンの中身を取り出しながら、何気なく隣の席を見る。

　もう始業時刻なのに、そこには誰も座っていない。

（この席……ずっと空《あ》いてるんだっけ……？）

誰かが、いたような気がする。

特別な、誰かが。


始業のチャイムが鳴り、一時限目を担当する教員が入ってくる。

「えーっと今日は……教科書一五六ページからですね」

指示されるままに教科書をめくった一護は、目を見開いて硬直した。

そこに殴り書きされた文字。自分ではない筆跡。

これを書いた——誰か。


『さわいだら殺す！』

CAST

福士蒼汰　杉咲花

吉沢亮　真野恵里菜　小柳友／田辺誠一

早乙女太一　MIYAVI／長澤まさみ　江口洋介

STAFF

原作:「BLEACH」久保帯人（集英社ジャンプ コミックス刊）

監督／脚本:佐藤信介 脚本:羽原大介 音楽:やまだ豊

主題歌:[ALEXANDROS]「Mosquito Bite」(UNIVERSAL J / RX-RECORDS)

製作:高橋雅美 近藤正人 木下暢起 本間道幸 米里隆明 吉崎圭一

大川ナオ 髙橋 誠 三宅容介 田中祐介

エグゼクティブプロデューサー:小岩井宏悦

プロデューサー:和田倉和利

ラインプロデューサー:森徹

撮影監督:河津太郎

美術監督:斎藤岩男

録音:横野一氏工

編集:今井 剛

助監督:李 相國

ポスプロプロデューサー:大屋哲男

VFXプロデューサー:道木伸隆

DIプロデューサー・カラーグレーダー:齋藤精二

CGプロデューサー:豊嶋勇作 鈴木伸広

VFXスーパーバイザー:神谷 誠 土井 淳

Gaffer:小林 仁

アクション監督:下村勇二

スクリプター:田口良子

衣裳:宮本まさ江

製作:映画「BLEACH」製作委員会

制作プロダクション:シネバザール

配給:ワーナー・ブラザース映画

初出
映画ノベライズ BLEACH　書き下ろし
この作品は、2018年7月公開の映画『BLEACH』をノベライズしたものです。

映画ノベライズ　BLEACH

原作：久保帯人
小説：松原真琴　脚本：羽原大介　佐藤信介

2018年 7月9日　第1刷発行

装丁	石野竜生（Freiheit）
編集協力	北奈櫻子
編集人	千葉佳余
発行者	鈴木晴彦
発行所	株式会社 集英社 〒101-8050　東京都千代田区一ツ橋2-5-10 03-3230-6297（編集部） 03-3230-6080（読者係） 03-3230-6393（販売部・書店専用）
印刷所	図書印刷株式会社

ISBN978-4-08-704016-6 C0093

Printed in Japan 検印廃止

この作品の感想をお寄せください。

あて先　〒101-8050　東京都千代田区一ツ橋2-5-10
集英社　ジャンプ・ノベル編集部　気付
松原真琴先生